枯れ騒ぎ

ジル・チャーチル

ガーデニング講習会に参[illegible]定のジェーンとシェリイは，講師のジャクソン博士が自宅で何者かに襲われたことを知る。その直後，ジェーンは不注意から足の骨を折り，松葉杖の世話になることに。講習会は代打の講師を迎えて開催されたが，骨折のせいかジェーンは今一つ調子が出ず，アクの強い参加者たちに翻弄され続ける。おまけに長男マイクが連れてきた，どう見ても不釣り合いなガールフレンドの存在も気になって……。主婦探偵がガーデニング講習会と子供の成長に頭を悩ませながら，文字通り“骨を折って”事件にぶつかるシリーズ第12弾。

登場人物

ジェーン・ジェフリイ……………………………専業主婦
シェリイ・ノワック……………………………ジェーンの親友。主婦
マイク
ケイティ……………………………………ジェフリイ家の子供たち
ジュリー・ジャクソン博士……………………微生物学者
ジェニーヴァ・ジャクソン……………………ジュリーの姉
スチュワート・イーストマン博士……………大学教授
ステファン・エッカート………………………講習会の責任者
ウルスラ・アップルドーン
マーサ・ウィンステッド
チャールズ・ジョーンズ
アーノルド（アーニー）・ウェアリング……講習会の参加者
キプシー・トッパー……………………………マイクのガールフレンド
メル・ヴァンダイン……………………………ジェーンの恋人。刑事

枯れ騒ぎ

ジル・チャーチル
新谷寿美香訳

創元推理文庫

MULCH ADO ABOUT NOTHING

by

Jill Churchill

枯れ騒ぎ

1

ジェーン・ジェフリイの家の勝手口に貼られたメモ

ジェーン、お花が届いてるよ、なのに留守なのね。あたしが受け取っといた。とってもきれい！　どこにいるの？

シェリイ

シェリイ・ノワックの家の勝手口に貼られたメモ

シェリイ、PTAの夏の集会に欠席するから、断りの電話をかけてたとこだったの。許してねってお願いしてる最中に、話を切り上げて玄関へ出るわけにはいかなくて。あたしの花、ちょうだい。

ジェーン

ジェフリイ家の勝手口に貼られたメモ

図書館警察が本を取り返しにパトカーを差し向けないうちに、ちょいと返却しにいってたの。あの花って、何事？　カードを開いて見るなんてことは、夢にも考えなかったわよ、もちろん。

シェリイ

ノワック家の勝手口に貼られたメモ

ケイティにお昼代を渡しに、ジェニーの家まで車でひとっ走りしてきた。どんな花だった？　それと、カードを開いたりなんてしないでよ！

ジェーン

ジェフリイ家の勝手口に貼られたメモ

ごめん、出かけてたわけじゃないの。うちの犬を放したら、転げまわってウエッってなるものをくっつけてきたもんだから、洗ってやってたのよ。あたし、あんたがなんで花をもらうのか知りたい。

シェリイ

ノワック家の勝手口に貼られたメモ

こっちだって知りたいよ。店へ食料をかっさらいにいかないと、うちは夕食に干からびたパンと結晶化したジェリーを食べる羽目になっちゃう。このごろじゃ、あんまりハンバーガーやチーズばかり食べさせると、マイクが不機嫌になるし。

ジェーン

ジェフリイ家の勝手口に貼られたメモ

カードの封筒はまだ開けてない。強力ライトにかざしてはみたけど、封筒が厚くて読み取れなかった。あたしもこれから食料品店に行く。

シェリイ

ノワック家の勝手口に貼られたメモ

駐車場でクラクションを鳴らしたのに、気づかなかった？　あんたが制限速度の二倍で運転してなかったら追いついたのに。でもって家に帰っても、あんたってばいないし。切花用の保存剤を持ってる？　いつかお花を見る日が来るんなら、その薬が必要になりそう。あんたが帰ってくるまで、うちの車路《くるまみち》にローンチェアを置いて坐り込みしてやる。

ジェーン

ジェーンは脅しをそのままは実行しなかったが、勝手口の外の階段の上に坐り込み、新聞を読んだ。シェリイのミニヴァンが――前輪のみでとは言わないまでも、それに近い勢いで――車路に入ってくると、新聞をほうった。「あたしの花はどこ？」と強い口調で訊く。

「キッチンよ」シェリイが言った。「取ってきてあげる。なんのお花？　誰から？　お花をもらえるなんて、あたしの知らないとこで何をやったわけ？」

「それがまるでわからない」ジェーンは答えた。よっこらと立ち上がると、膝に鋭い痛みが走ったのに顔をしかめつつ家へ入って、ドアを開けておくと、しばらくして大きな花のアレンジメントにほぼ隠れるようにしてシェリイがやってきた。

「うわ、ほんとにきれい！」ジェーンが大声をあげるそばで、シェリイはキッチンのテーブルに花を置いた。

「カードを読みなさいよ」シェリイはさっと封筒を差し出した。少しよれっとしていて、片隅が焦げている。ジェーンは笑い出した。「何がそんなにおかしいの？」とシェリイが訊く。

「あんたってばたいしたスパイになるよ！　丸一日かけて中に何が書かれてるのか知ろうとしたくせに、そもそも封筒を確かめないなんて。この花はジュリー・ジャクソン宛、うちと同じ番地だけど、二区画西向こうに住んでるあのおしゃれな人に届いたの。ほら、月曜日からあたしたちが通うガーデニングの講習会で教えてくれる人」

しばらくお互いを見つめ合ったあと、ジェーンは口を開いた。「蒸気を当てて封筒を開こうとした？」

良心が勝ったおかげで、二人は封筒を蒸気で開けたりすることもなく、シェリイがジュリー・ジャクソンの家へ車を走らせる間、ジェーンは花をしっかり抱えて白百合のくらくらしそうな香りをかいでいた。

シェリイが言った。「あんた、顔中に百合の花粉がついちゃってる。黄疸《おうだん》みたい」

ジェーンはなおも片手で花のアレンジメントを抱えんとしつつ、あせって顔の花粉を払い落とそうとした。「これでいい？」訊きながら、花粉で鮮やかなオレンジ色に染まった両手を見る。

曲がるべき道に乗り入れたとたん、シェリイはとまりそうになるくらい一気にスピードを落とした。「ジェーン、ごらんよ」

「ごらんって何を？　この花の他は見えないんだけど、なんなの？」

「ジュリー・ジャクソンとこの庭に、警察のテープが張られてる。それに、パトカー三台と救急車がとまってる」

「ああ、そんなあ！」

シェリイは一軒手前の家の道路脇に車をとめた。ジェーンは車を降りて芝生に花を置くと、ポケットからティッシュを取り出して顔に残っていた花粉を拭き取った。ジェーンとシェリイが向かっていた家から、人が出てきた。ジュリー・ジャクソンに似た女と、その女より頭一つ背の高い男で、今日のような暖かな日にしては暑苦しそうなスーツを着ていた。

制服警官が、その二人をまるで家から追い立てるようについてくる。

「まずい！」ジェーンが声をあげた。「玄関近くの窓の向こうに、ちらっとメルの姿が見えた。何事だと思う？　それにあの男女は誰なんだろ？」

ジェーンと同じ情報しか持たないシェリイは、返事をしなかった。二人ともこの巨大な花のアレンジメントをどうしたものかと考えながら、ぼうっと突っ立っていた。

メル・ヴァンダイン刑事のほうでもジェーンに気づき、しばらくたつと玄関から出てきた。

思い切り顔をしかめ、誰だかわからない男女と、二人を連れ出した警官とに二言、三言声をかけると、向きを変えてジェーンとシェリイのほうへやってきた。

「きみたち二人して、ここで何をやってるんだ?」彼は噛みつくように言った。「ぼけっと見物か?」

この問いに返ってきたのがジリジリと音を立てそうな沈黙だったのだから、そもそも口にしたのも後悔する羽目になると、メルは悟るべきだった。ところが、彼は見当違いもいいことに、問い詰め口調で「どうなんだ?」などと付け加え、迫りくる問題をさらに大きくした。

ジェーンは冷ややかに言った。「あたしはね、ただぼけっと見物をしに出かける時、お花屋さんが大甕《おおがめ》に生けた花なんて普通は持ち歩かないわよ。そんなこと、あなたもこの数年で気づいてるんじゃないかしら? このお花はね」とアレンジメントを指差す。「間違ってあたしに届いただけで、ジュリー・ジャクソン宛だったの。シェリイとあたしは、それを彼女に持っていこうとしてただけ」

シェリイは口を挟もうとしたが、思いとどまった。ジェーンは一人で立派にやっている。彼女は花のアレンジメントを持ち上げ、メルに渡した。

メルは「すまなかった」の言葉を口にせずに謝る方法をさぐりつつ、犯罪現場で巨大な花のアレンジメントなんぞを抱えている自分を、つくづく間抜けだと感じていた。さっきより感じのいい声で、「そうか」と言う。

「それ、証拠かもしれないから」ジェーンは言うと、車に戻るべく大げさにくるりと踵《きびす》を返した。すると縁石にけつまずき、右足を思い切り踏みつけてしまったせいで、グキッと鋭いいやな音を立てて靴が外側へねじれ、思わず悲鳴をあげた。

「大丈夫か？」メルが訊いた。

「退場場面を台無しにした以外は、たぶん」ジェーンは痛みに顔をしかめた。「ちょっとめまいがする」

メルは車のドアを開けてジェーンを助手席に押し込み、靴を脱ぐよう促してから、足をさわってみた。「どこも折れてはいないようだ。足首は動かせる？」

ジェーンは泣きたい気持ちだった。足がひどく痛むだけでなく、あんなふうに怒って立ち去るという、ややみっともない真似をしたからだ。足首を回してみた。「足首は大丈夫よ。もうほうっておいて」

がっかりしたことに、メルもシェリイもその言葉を額面通りに受け取った。靴を履き直し、ジェーンはつぶやいた。「ばかだ、ばかばか」

芝生に傾いた状態で置かれている花の甕に、メルは眼をやった。「あの花は誰から？」

シェリイが肩をすくめた。「わからないわ。カードは封がしてあるの」

メルは長い柄のついた透明プラスチックのホルダーを甕から引き抜き、挟まれているカードをちらりと見た。「なぜ焦げてるんだ？」

「あたしが知ってるわけないわ」シェリイはしれっと言う。

メルは角を持ってポケットナイフで封筒を開き、ピンセットでカードを引き出して、眼を走らせた。「ふうん」

シェリイが首をひねって、カードに書かれたものを見た。署名はなかった。

「なんて書いてあるの？」ヴァンの中から、ジェーンが問いかけた。

「『次はおまえだ《ユー・アー・ネクスト》』、だって」シェリイは教えた。「署名はない。ジェーン、あんた家に帰って、腫《は》れないように足に氷を当てとかなきゃ」ヴァンの前を回り込み、車に乗り込む。

メルがジェーンのいる側の窓にやってきた。「すまなかった」と非を認めた。

「こっちこそ」ジェーンは返したが、その言葉は、ロケット並みの速度でシェリイが車を発進させたため、風に流れてしまった。


「で、何が起こったんだと思う？」ジェーンを助けて階段を上がり、家の中へ入ってソファに坐らせたところで、シェリイが訊いた。

「何かとんでもないことなのは確か。あたし、まだメルに腹が立ってるの。わざわざあそこまでぼけっと見物に行ったって、あたしたちを責めたこと。あそこであたしが、三トンもの百合とカスミソウを抱えてるっていうのに、なんだなんだって首を突っ込んできたと思うなんて」

シェリイは冷蔵庫のところへ行って氷を、それからポリ袋と布巾を見つけた。その三つを使ってアイスパックを作りながら言う。「遺体は運び出されなかったよ。だからきっと誰かが怪我をしただけで、手当てを受けてるんだって。そう思いたい」

「あるいは、遺体を動かす前に写真係が来るのを待ってたか」

「気の滅入るようなこと言わないでよ」シェリイが言った。

「あたしは滅入ってる。足がまたすごく痛くなってきた。一時的に感覚がなくなってたみたいだけど……」

「そっちの靴を脱いで、ソファに足を上げなさいよ」

顔をしかめて、ジェーンはスニーカーを脱いだ。足は赤く腫れあがっていて、スニーカーの内側にあるものがそっくり痕になってついていた。そして足の外側部分に沿って、濃い紫色の痣《あざ》がひろがっていた。

「ジェーン、それ、ひどそうだよ」

「とにかくアイスパックを一時間使わせて。そしたら大丈夫」

「どこか折れてたりしたら、そうはいかない」

「ひどい転び方をしたわけじゃないから。あたしのは鉄の骨よ。一度だって折れたことないもん」

シェリイはいらだって息を吐いた。「あんたはX線写真を撮ってもらうのよ。あたしに抗おうたってむだだから。必要とあれば、力ずくでも連れてくからね」

シェリイが本気でやるつもりなのをジェーンは知っていた。だからまたスニーカーを履こうとしたのだが、数分のうちに足がぱんぱんに腫れあがってしまい、スニーカーに押し込めなくなっていた。

四時間後、二人は帰宅した。近くの病院の救急処置室では二時間待った。処置室にいた患者はほとんどが高齢者で、そこを社交の集会所だとでも思っているらしく、陽気に名前を呼び合っていた。次は、X線写真ができてくるのをまるで独房に見える部屋で一時間待ち、さらに一時間かけて、整形外科医から足の外側の骨が折れているという説明を受け、足の指から膝までギプスで固定してもらった。その後、シェリイだけが店の中に入って松葉杖を買うために、薬局に寄る必要があった。

「松葉杖ならきっと病院でもくれたのに」ジェーンが言った。

「そしたら、あんたの保険に千ドル計上されてたわ。三十五ドルで松葉杖一組を買えるとこを、あたしは知ってるのに」

「なんでまたそんなとこを知ってたの?」ジェーンは自分の脚を見つめながら訊いた。

「学校でのお芝居のために、何組か用意しなきゃならないことがあったの。子供たちときたら、遊び倒してばらばらにしちゃったけど。あれは、まだ木製だった頃の話。ねえ覚えてる? あんたんとこのケイティとうちのデニスが、松葉杖をうんと先へ振り出して、どれだけ前へ飛び出せるかをやってみるのにひと夏の半分を費やしたことがあったじゃない。さあ到着。手助けしにそっちに回るから。動かないで待ってなさい」

家に着いた時、車から降りるだけで、ジェーンは無事なほうの脚を二度も松葉杖で強打してしまった。

「脇の下だけで松葉杖にすがるんじゃないのよ、ジェーン。持ち手を握って、悪いほうの足を下につかないようにして、いいほうの足を前に出すわけ」

「出かける前に、せめてこっちの脚のムダ毛を剃らせてほしかったな。ギプスがはずれる頃には、どれだけ毛深くなってることか」ジェーンはシェリイの説明通りやろうとしたが、片方の松葉杖が腕からはずれて、車路に転がった。

シェリイがそれを拾い、努めて冷静に渡してやった。「さあ、階段はね――」

ジェーンが口を挟んだ。「階段では使わない。後ろ向きに坐ったまま上がってやる」

「何週間も？」シェリイが訊いた。

「必要とあらば」勝手口の外のデッキに上がる三段の階段まで、ジェーンはぴょんぴょん飛んでいき、後ろ向きにずりあがっていくところをみごとに実演してみせた。

「階段のある場所でのおつきあいの集まりなんかが、一つもないままだといいねえ」シェリイが感想を述べた。

「おつきあい？　お断り。あたしはこの機会を徹底的に利用して、せいぜい病弱に見せかけ、みんなに頼んで、ジンジャエールとチーズイット（チーズクラッカーの商品名）をたびたび持ってきてもらうつもり」

2

「あんたってば、ほんとにケイティとマイクに電話をしたのね?」居間のソファに坐らされたジェーンは訊いた。

「ホイート・スィンズ（クラッカーの商品名）があるだけ。チーズイットはないよ。ワインかジュースを飲みたい?」キッチンからシェリイが声をかけた。「そうそう、あんたんとこの子供たちには電話をかけたわ。心配しないようにって。トッドがいるサッカーの合宿所にはかけなかったけど。だって、あんた番号を知らないんだもん」

「心配するなだなんて、なんであの子たちに言ったりするの?」

「心配してほしいの?」

「あの子たちの番だもん」ジェーンは言った。「この二十一年間、我が家で心配ばかりしてたのは、あたし一人だった」

クラッカーとチーズとジュースのグラスを載せたトレイを、シェリイが運んできた。すてきな小さめのシルバー・トレイとナプキンまで、どこからか見つけ出していた。「そんなもの、いったいどこで見つけたの?」びっくりしたジェーンは訊いた。

「冷蔵庫の向こうのキャビネット。何かのパーティのあとで誰かが忘れてったのね」

「うちの冷蔵庫の向こうに、キャビネットなんてあった？　覚えがないな」

「キッチンのことはどうでもいいわよ。それよりジュリー・ジャクソンに何が起こったかは、どうやったらわかるだろ？」シェリイはソファの隣の椅子に腰をおろした。

「あたし、自分のことにかまけすぎて、彼女のことにほとんど思い至らなかった」ジェーンは正直に言った。「死んだりしてないと、ううん、ひどい怪我なんかしてないといいけど」

「あたしには深刻に思えたな。誰かが踏み台から落ちたくらいで、警察は立入禁止テープを張ったりしないからね」

「月曜日から始まるガーデニングの講義を楽しみにしてたのに」ジェーンは言った。「全部なんかの間違いで、やっぱり彼女が教えてくれるんだと思いたい。町議会の会合で一度会ったことがあるの。猫嫌いの人たちが、猫に鎖をつけろって法のことをやかましく言っててね。彼女は、自然界のバランスについてすごく的を射た発言をして、とてもすてきだった。あの家から出てきた女の人、彼女によく似てたの。もしかしたら、姉妹かな」

キッチンのドアが開いて、ジェーンの一番上の子、マイクが入ってきた。「わあ！　ギプスに松葉杖にその他もろもろ。カッコイイ！　痛む？」

「痛むかって？　もちろん痛いわよ！」ジェーンはひと息おいてから、「でも、そっちはたいしたことないの」と正直に言う。「問題は松葉杖よ。うまく使えなくて」

「ちょっとやらせてよ」マイクが楽しそうに言った。

母親よりほぼ三十センチ背が高いマイクは、持ち手を掴むのにも老人のように体をかがめなければならなかったが、ヒョコヒョコ軽快に部屋を歩き回った。

「ギプスはどんなふうに飾る？」マイクは訊きながら、松葉杖を元通りソファにほうって、二十歳の膝だけができる優雅な仕草で床に坐り込んだ。「ただの白ってのが残念だね。このごろじゃ、蛍光色やスポーツ・エンブレムつきのやつを巻いてくれるんだよ。スコットなんか、しばらく赤紫のやつを手に巻いてた」

「スポーツ・エンブレムも赤紫色も、あたしの持ってる服には似合わないわ」ジェーンは言った。「第一、他の色のは勧めてもらわなかったし」

呼び鈴が鳴り、マイクが玄関に出てメルを入れた。「何か持ってきてほしいものはある、ママ？」二階の自分の部屋へと階段を上がる途中で、声をかけた。

「お持ち帰りの夕食」ジェーンは答えた。

メルはソファのもう一方の隣にある椅子に腰をおろした。「ひどい折れ方だったのか？」

「大きな骨の一カ所が折れてただけ」ジェーンは答えた。「X線写真を見たわ。足にあんなにたくさん骨があるなんて、初めて知った。ジュリー・ジャクソンに何があったの？」

メルはため息をついた。「生きてはいるよ。昏睡状態でね。家の地下室で襲われたんだ。作業場のような部屋で、たくさん照明が当たっている苗木や机やコンピュータがあって、それからファイルの入っている抽斗がずいぶんあったな。どうやら倒れた拍子に、開いていた抽斗の角に頭をぶつけたようだ。几帳面な性格だったのは間違いない。どのホルダーにもラベルが貼ってあって、ホルダーの中身は紙挟みでまとめてあった」

「やりすぎだ」ジェーンが感想を言った。

シェリイはつんと顎を上げた。「ううん、そんなことない。ホルダーを手に取って、中身を全部取り出したと思ったら、束からはずれた小さな紙が一枚残ってた、なんてことはない？」

ジェーンはシェリイの見解に口を挟んだりはしなかった。シェリイ自身がやりすぎのきらいがあるからだ。そこでメルに訊くだけにした。「どうして襲われたんだとわかるの？　つまずいて倒れただけかもしれないじゃない？」

「争った跡があるんだ」メルは簡潔に答えた。「わずかな時間で激しく。襲撃者も彼女と同じくらい驚いたんじゃないかな」

「その男――女かもしれないけど――どうやって家に入ったのかしら？」シェリイが訊いた。

「裏口は鍵がかかっていた。たぶん、きみたち二人もそうしてると思うけどね」

ジェーンとシェリイは気まずい視線を交わした。

「襲撃者は驚いたんじゃないかと言ったわね」ジェーンが言った。「なぜわかるの？」

「確信してるわけじゃない。推測だ。彼女の家には姉と姉の夫も泊まっていて、今朝シカゴへ出かけたところだった。姉はミズ・ジャクソンにそっくりなんだ。家が留守になるのを誰かが見張っていたとしたら、男と出かけたのをミズ・ジャクソンだと思ったかもしれない」

「すると、ただの泥棒だったってこと？」

「目的はそうだったかもしれないが、家の他の場所からも何かがなくなった形跡はなかったし、彼女は鍵のかかっていないキャビネットに、高値の質草になる小さいきれいな置物を集めてたんだ。地下室の机の上はひどい散らかりようで、書類がめちゃめちゃにばら撒かれてた。まあそれも、争った跡なのかもしれないが」

「泥棒も怖くなって仕事にかかれなかったとか」シェリイが言った。

「でも、一階にある高価な品をかっさらわずに、地下へ行く人なんているかな？」ジェーンが言った。

「そこだよ」メルは答え、ジェーンのクラッカーとチーズを勝手につまんだ。

それはどういう意味なのと訊かれる前に、メルは言い添えた。「きみたち二人の指紋を取りに、人を来させる」

「なんであたしたちの？」シェリイがむっとした様子で訊く。

「消去法さ。花のアレンジメントについていた封筒は、指紋だらけだ。全部きみたちか花屋の店主のものだろう。しかし、花を贈った人間もその封筒をさわったかもしれない。それに、焦げ跡の件も調べないとな」

シェリイは大きなため息をつき、白状した。「あたしがやりました。封筒にあった名前を読み間違えて、ジェーン宛だとばっかり思いこんでて。だってジェーンの家に届いたんだもの。彼女がつかまらなかった間に、封筒を電球に当ててなんて書いてあるか読もうとしたの」

「今頃何を言ってるんだ！」

「メル、あのお花が事件に関係あると思ってるの？」ジェーンが訊いた。

「わからない。だけど文面は不可解だし、脅しともとれる。『次はおまえだ』なんて、不吉な感じだ。特に署名がないとくれば」

「警察は花屋に確認したはずだけど」その質問が如才なく聞こえるようシェリイは心がけた。

しかし如才なさが足りなかった。「当然だ」と、メルはいらだたしげに答えた。「ある大物政治家の葬儀のために、その花屋には注文が殺到していた。そこへ一人の男が店にやってきて、花の配達を現金払いで頼んだ。どんな男だったかは、誰も覚えていない。いや、それは正確じゃないな。店主も店員も、それからあと一人の目撃者も、みな男の容姿を覚えているつもりでいて、全く意見が食い違ってるんだ」

「でも男だったのよね」シェリイが言った。

メルがにやりとした。「店員によると、男の格好をした女だったかもしれない。彼は若くて、旺盛な想像力の持ち主なんだ」

「ジュリーに話を戻そうよ。怪我の状態は深刻だと医師は考えてるの？」ジェーンはちらりとギプスに眼をやった。気がかりなのは、医学上の問題だった。自分だって足ではなく、脚の骨を折っていたかもしれないのだ。

「昏睡状態にあるなら、深刻に決まってるさ」メルが言った。「姉の夫が彼女に付き添ってる。彼は神経科医で、シカゴでの学会か何かに出席する間、ここを訪れていたそうだ」

「ジュリーのお姉さんは？」

「ジェニーヴァ・ジャクソン」メルは言った。「旧姓のままでいる。ジュリー・ジャクソンとは仕事でなんらかの関係があるんだが、まだ詳しいことはわかっていない。姉の話では、ジュリーは微生物学者だったとかで、どういう研究かは知らないが、研究業績の長い履歴をすらすら口にしてたよ」

「パンフレットにもそんなふうに載ってた。ジュリー・ジャクソン博士って」ジェーンが言った。

「なんのパンフレットだ？」

「町と短期大学に、夏の間講演者を呼ぶ補助金が入ってね」シェリイが説明した。「減量法から始まって植物学や会計学まで、ありとあらゆる成人向け教育の講習会があるの。各クラスに登録したうち、先着十名はただで受講させてもらえる。ジェーンもあたしもやる気はあっても、ガーデニングの知識がないから、植物学の講習会に登録したわけ」

「ミズ・ジャクソンがその講習会の講演者だったのか？」

「グループ・リーダーって、呼ばれてたわ」シェリイは皮肉な笑みを浮かべた。「どうして先生じゃいけないの？　彼女が持っていると思われるほどの知識があたしたちにもあれば、わざわざ講習会に行ったりしないわ。先生は教える人よ。まあ少なくとも、促進者《ファシリテイター》とは呼ばれてなかったわね。一時は大流行だったけど。ばかばかしい」

もっともな話であり、これもシェリイのいつもの熱弁だから、メルもジェーンも反応しなかった。長い沈黙が続いたあとに、やっとメルが行動を起こした。「もう俺は仕事に戻らないと。ジェーン、マイクかケイティがそばにいて、きみを助けてくれることになってるのか？」

「あたしがいるわよ」シェリイが言った。「あたしが手伝う。もっともジェーンが本当に必要とするぶんだけね」

「脅しに聞こえるんだけど」ジェーンは言った。

「脅しだもん。それと、あたしがまず一番に手伝うのは、あんたが全く何もできずにのんべんだらりでいられないように、松葉杖の使い方を覚えること。でなきゃ、五ポンドは太るよ」

二人が言い争っている間に、メルはそっと抜け出した。

3

日曜日の朝までに、ジェーンは松葉杖を使いこなすことを諦めた。一本だけ使い、バランスを失ったら、空けてある左手で何かに摑まったほうがいい、と判断したのだ。それにこの技を使えば、小さなものなら自分で運ぶことができる。両手で松葉杖と格闘していたら、そうはいかない。午後には、大きなポケットがたくさんついた膝丈のズボンを、シェリイが買ってきた。

「シェリイ、あたしにとって何より不要なのが膝上ポケットだよ。ただでさえ太腿が膨らんでるのに、そこへポケットに何か入れようものなら、よくいるできそこないのボディビルダーみたいに見えちゃう」

「あたしは別にいいよ。でもね、普段出かける時バッグに入れてくもの全部を、どうやって運ぶつもり?」

ジェーンは一瞬考え込んだ。「長い紐つきのバッグを買って、肩にかければいい」

「で、ヒョコヒョコ体が傾くたびに、それがぶらぶら動くわけね?」

「ヒョコヒョコ傾くのはあたしじゃない。松葉杖よ。あれは自分の意思を持ってるの。あたしはまっすぐ前に進みたいのに、何度左に曲がらせてくれたことか。一本きりでも同じ真似をしてくれる」

「じゃあ、えんえん左に曲がり続けたら、いつかは行きたい方向に向くって」シェリイが人の悪い笑い声をあげた。「何かいるものはある?」

「シェルパ」ジェーンは答えた。「荷運びをしてもらう。あたし、物を落としてばかりいて、拾うには松葉杖を置いてからかがむよね。それでまた松葉杖を摑むと、たいてい先に拾ったものを落としちゃう。〈人類創世〉って映画を覚えてる? たくさんのメロンをいっぺんに拾おうとして、落としてばっかりのネアンデルタール人がいたでしょ? あれになった気分よ」


月曜日の朝早くから、シェリイは電話をかけた。「植物学の講習会に行く?」

「講習会はないと思ってた」ジェーンが言った。「ジュリー・ジャクソンは昏睡状態のままだって、メルが言ってたから」

「でも、事務局が大慌てで代わりの先生を見つけたかもしれないよ」シェリイが言った。「ちょっとコミュニティセンターへ確かめに行こう」

その週末のほとんどを、ジェーンはソファに坐ってぐいぐいジュースを飲み、たらふくスナック菓子を食べて過ごした。この調子でいくと、体重は一トンになる。「運転はあんたが? それともあたしがすべき?」

「あんた、自分の自動車保険を確認した?」シェリイが訊いた。

「自動車保険？」

「運転者が右足にギプスをしていたら、たいていの保険会社は事故の補償をしないと聞いたけど」

「まさかあたし一人ではどこへも出かけられないって言ってるの？　四週間もよ！　気がおかしくなる！」

「十分くらいで用意して」シェリイが言った。

「ギプスが濡れてるの」

「はあ？　だから時間がかかるって？」

「ううん、ただの愚痴。あんたに言われた通り、シャワーの前にはポリ袋をギプスに巻いといたんだよ。ただマスキング・テープで留めてたんだけど、それが防水加工のじゃなかったわけ。一緒に出かけたら、どこかに寄って、留めつけるのにもっといいやつを買わせてくれる？」

ジェーンは八分たたないうちに車路《くるまみち》で待っていた。長い紐つきの古いバッグで実験してみたのだが、シェリイの言った通り、それはぶらぶら動き回ってバランスを崩させた。シェリイが買ってくれただぶだぶの半ズボンについたたくさんのポケットは、ぱんぱんだった。小切手帳、ボールペン、メモ帳、口紅、財布、箱入りティッシュ、家の鍵、それから空腹のせいで急に元気がなくなった時に備えて、袋入りレモンドロップ。

「あんたってば、ちょっとミシュランマンに似てる」シェリイが車のドアを開けてやりながら言った。「気をつけてよ。その松葉杖、今あたしの向こう脛《ずね》を打った。押し上げたほうがいい？　ヴァンのステップは高いから」

「悪いね」ジェーンは言った。「うちじゃ、みんなあたしを怖がってるの。特に意気地なし犬ウィラードと猫たちは」ごそごそシートベルトをたぐり、それを摑んで体をひっぱりあげようとする。「足元に来てた時、うっかりビシッと叩かれちゃうことが、三匹とも何度かあったし、ウィラードなんかあたしの前に足を踏み出したとたん、お尻を突かれちゃったくらい。だからあの三匹は松葉杖を脱穀機とでも判断したみたいで、二度とあたしに近寄らないよ。マックスとミャーオは今もあたしのベッド脇で眠るけど、夜中にトイレに行こうと起き上がると、ちりぢりに避難するもんね」

コミュニティセンターには、かなりの数の車がとまっており、動物園管理の講習を受ける大人二十人を乗せて、大型バスが出発しようとしていた。手工芸品店のトラックからは、レンタルのミシンやロックミシン数台が、センターの建物内で開かれる講習会のために降ろされるところだった。それにきわめて不格好な運動着を着た女たちが、おおぜいでエアロビ・ダンスの教室へ向かう車を待っていた。

「あたしがもしあんな格好をすることがあったら、閉じ込めちゃって」ジェーンが言った。

シェリイはジェーンを上から下までじろりと見た。「今日のあんたもあまり変わらないよ。ぼこぼこ膨れて。二泊のキャンプ用に荷造りしてきたの？」

「いつもの必需品だけなのに。ああ、やだ。ここには階段があるのを忘れてた」

「横手に体の不自由な人のためのスロープがあるよ。後ろ向きにお尻で上がってくあんたと一緒のとこを見られるなんて、あたしは死んでもいや」

ジェーンたちが所定の教室を見つけた時、そこには二人しかいなかった。一人は六十代のがっしりした体格の頭が禿げかかった男で、新聞を読んでいた。もう一人は溌剌《はつらつ》として見える若い男で、教室の最前列の机に向かって坐っていた。ジェーンとシェリイが中へ入ると、若い男が立ち上がった。

「もっと人が来てくれたらなと、思ってたんです」彼は魅力的な微笑みを見せた。「ミズ・ジャクソンの事故について、地元の新聞記事を読んで、多くの受講者は講習会が中止になったと思ったのでしょう。その足はどうなさったんです?」

「道路脇の縁石のとこで転んでしまって」ジェーンが答えた。

「おやまあ」若い男が言った。「ぼくはステファン・エッカートと言います。コミュニティ・プロジェクトの芸術・工芸部門の責任者です」

「あなたがこのクラスを教えるんですか?」シェリイが訊いた。

「いやあ、まさか! そんな能力はありませんよ。ですが代理を立てました。今週、たまたまこの町にいたとても面白い人物です。ぼくがここにいるのは、来てくれた人を迎えて講習会が実施されることを請け合うためなんです。それと講習会にもできるだけ立ち会います」

ジェーンが自分とシェリイの紹介をしてから尋ねた。「ミズ・ジャクソンの状態は、何かご存じ？」

ステファン・エッカートは肩をすくめた。「ぼくは家族ではないので、病院は何も教えてくれませんよ」

教室の後方にいる年配の男は、『現代の熟年』（米国退職者協会が中高年を対象として刊行している生活情報誌）を読んでいた。雑誌を閉じ、あとの三人を見上げた。「こんにちは。ここで他の誰かに会えてほっとしたよ。この講習会をとても楽しみにしていたのでね」

廊下で金属が立てるようなかすかな音がして、四人目の受講者が現れた。五十代の半ばとおぼしきやや太めの女で、ビーズのネックレスをジャラジャラと何重にもかけ、七〇年代初頭から持っていたに違いない服を着ていた。頭から首には、絞り染めのスカーフが何枚か巻かれていた。さまざまな羽根でできたピアスが耳元で揺れている。ビーズのブレスレットや、昔流行ったチャーム・ブレスレットのようなものに、銅のブレスレットが当たって音を立てる。女は大きなバッグを肩にかけ、腰にはウエストポーチをつけて、強烈な色のキャンバスバッグを手にしていた。

「こんにちは、こんにちは！　まあっ！」女はジェーンに眼を留め、駆け寄った。「かわいそうに！　いったいどうしちゃったの？　そのギプスやらなんやら。痛む？　さあ、手を貸すから、坐ってその足に体重がかからないようにしないと」

「いえ、いいんです。大丈夫ですから。本当に。あんまり痛くないんですよ」ジェーンは相手の親切にぎくりとした。

だがジェーンが断ってもむだだった。相手は肩掛けしていたバッグとキャンバスバッグを椅子に落とし、そのはずみで両方のバッグの中身をぶちまけた。ほとんどの題名に陰謀という言葉が入ったペーパーバックが何冊か、パンフレット類、紙ナプキン、紙マッチ三個、花の種のパック数種、カラーペン五、六本、スケッチブック、ここにも変わった趣味のアクセサリー類、処方箋用紙、領収証、爪磨き、ひどく汚れたガーデニング用の手袋、小さなスパナ、コンピュータの電源コード、綿棒の小さな箱、それから吸い口と蓋のついた幼児向けカップの大人版のようなカップ。それには紫の液体が半分ほど入っていた。

足元の散らかりようは気にせず、女は言った。「さあ、あなた。お坐りなさい。足を乗せられるように椅子を持ってくるから、どうやってこんなことになったのか教えてね。ウルスラ・アップルドーンがお役に立ちますよ」

ジェーンはなぜか折り畳み椅子に手荒く坐らされていた。さらにウルスラは彼女の片脚を摑んで別の椅子にどんと乗せ、また別の椅子をジェーンの前に引いてきて、さっとそれに腰をおろし、身を乗り出した。

「それで？」ウルスラは訊く。

「縁石のとこで転んだんです」ジェーンはすっかりびびっていた。

ウルスラが首を振った。「そうじゃないでしょ、ダーリン。話はそれだけじゃないはずよ。たとえないと思っても、あるはずなの。そういうことは理由があって起こるものなのよ。全てのことは、万人を組み込む大きな出来事の連鎖の一部なのだから。ギプスはうまくできてるけど、足の指の部分がちょっときついわね」ジェーンの足に眼をやってから、床に落ちた自分のものを集め始めた。

ジェーンがとほうに暮れた眼でちらりと見ると、シェリイはにやりとしただけで、こう言った。「あたしも彼女と一緒だったんですけど、あれはただ鈍くさかっただけです」

「それでも、理由はあったのよ」ウルスラはなおも言い張った。「わたしはヴェトナムで看護師をしてたの」それで全て説明がつくとでもいうように言い添えた。「それに実はね、政府が隠してることはそりゃあたくさんあるわけ。なぜデンヴァー空港だけが――」

ありがたいことに、また二人の人物が部屋へ入ってくると、ウルスラはそちらへ関心を向けてくれた。ジェーンを見つけた時ほど張り切らなかったにしても。

先に入ってきたのは背が低くて痩せている堅苦しい感じの女で、白髪頭にパーマがかかっており、濃紺地に白い水玉模様のきちんとしたワンピースをまとい、完全な直立姿勢で立っていた。小人数の集まりにちらと眼をくれると、直感的にステファンを責任者と見て取ったようで、声をかけた。「この講習会は実施されるのかしら?」簡潔かつ率直な返答を求めていることを暗に匂わせる口調だ。「マーサ・ウィンステッドです」集まっている人に言う。「ミス・マーサ・ウィンステッド、講習に登録しています」

ステファンは自分の立場をわきまえていたし、厄介な相手には会えばわかった。「ええ、ミス・ウィンステッド。前にもお会いしてますね」と素直に答える。

ミス・ウィンステッドが言った。「会ってますとも」軽くうなずき、最前列の席にきちんと腰かけ、ハンドバッグの上にやや節くれだった手を重ねて置いた。肘から手首までは日焼けしているのに、手は白い。常に手袋をはめて庭仕事をしているのは明らかだ。

続いて部屋に入ってきた男が彼女の連れでないのは、すぐにわかった。長身で、度の強い眼鏡をかけ、いかにも教授という感じの猫背に革の肘当てつきの上着を着ていた。「きみがエッカート?」

「そうです。イーストマン博士ですよね。ミズ・ジャクソンの代行として、お忙しいスケジュールを空けてくださったおかげで、みな安堵しました」

「最初から私に依頼してこなかったのは意外だったが、長年ジュリーを知っている者として、こんな大変な時に彼女の代役を断ることなどできないよ。ただ、私が教え慣れているのは学識のある大学院生なんだ、素人ではなくて」

卑猥がかった言葉を発するように、素人と口にした彼に、ジェーンはつんと頭をそらせた。誰かがさも上品な女性らしく、かすかに鼻を鳴らした。きっとミス・マーサ・ウィンステッドだと、ジェーンは思った。ウルスラだとしたら、この程度のうるささではすまない。

話しかけられてもいないのに、すぐさまウルスラが発言した。「あらまあ先生、人類の偉大な発明の多くは素人によるものですよ。その事実は隠蔽されがちですけど」どうだとばかりに片腕を振り上げたせいで、単眼鏡の修理用キットが袖から落ちた。「聡明な素人には、専門家が大事な細部にとらわれすぎて見えない全体像が、しばしば見えているものです。素人は褒め言葉ね」

「幸先《さいさき》がよくなさそう」ジェーンはシェリイにささやいた。

「だけど、講義よりは面白いかも」シェリイも同じく静かに答えた。「あの人って、五分とかからずにあたしたちを退屈させて、眠らせそうな人だもん」

また一人男が入ってきて、声をかけて話を中断させたため、教授がどんな返事をするつもりだったかはわからずじまいとなった。「ここは植物学の教室ですか？」男は四十歳くらいで、シャツとズボンばかりか、薄くなりかけている頭まで、ついさっき糊づけしてアイロンがけしたかに見える。洗いたてのように輝く丸顔にきらりと眼鏡が光り、靴もピカピカに磨かれていた。

ステファン・エッカートが答えた。「そうですよ。しかし、予定していた講師が怪我をしたのですが、快くその代わりを買って出てくださったすばらしいかたがいらっしゃいます。時間がたつばかりですよ、みなさん。講習を始めてはどうでしょう。また誰か来たら、そっと入ってもらって、追いついてもらえばいい。ぼくから講師の紹介をさせていただきますので、その後、みなさんそれぞれお名前を言って、この講習会に関心を持たれた理由を簡単にお話しください」

入ってきたばかりの、身なりに隙のない男は最前列に坐り、隣にいるのがマーサ・ウィンステッドであるのに気づいた。「ミス・ウィンステッド！」と大声をあげた。「ここでお会いするとは思ってもみなかった」

「どうしてですの、ミスター・ジョーンズ？」彼女はつっけんどんに訊き返した。その両手がバッグの持ち手を握り締めているのを、ジェーンは見て取った。

男はしばらく答えに窮しているようだったが、やがて言った。「お宅の庭作りには全く……統一感がないから……関心がないものとばかり」

ミス・マーサ・ウィンステッドは、火山も凍らせそうな微笑みを見せた。「統一感がない。まあ面白い」

「メモを取りたいのでしたら、地元の園芸農場が提供してくれたスパイラルノートがここにあります」ステファンの声は震えていたが、場を明るくしようと懸命に続けた。「ぼくの父の事務用品店のボールペンもありますので」

4

ステファンは教室の前列で、机の後ろに身構えて立ち、講師の紹介文を読み上げた。明らかに教授自身が用意したもので、わけのわからない学位や優等賞をはじめ、スチュワート・イーストマン博士が所属しているか、創設したか、代表を務めているかする、ステータスの高そうな機関の略称や、ジェーンが聞いたことのない賞がずらずら続いていた。ステファンは、きっとそれらを何度も読み間違えたのだろう。隣の机の後ろに立っているイーストマン博士が、時時かすかにいやな顔をしていた。

ステファンが小さくお辞儀をして脇へよけると、イーストマン博士が替わってその場に立った。「ミスター・エッカートが自己紹介を勧めたのだから、そうしてもいいだろう。名を名乗って、どうしてこの講習会に登録したかを言ってもらいましょう。あなたから」とジェーンを指差した。

ジェーンは名乗ってから、いささか間の抜けた自分の考えを述べた。「大人になってからの人生の大半を、子供とペットを育てるのに費やしてきました。ですが、昔は一外交官の子供として世界各地で暮らし、さまざまな庭を眼にして、いつかはきっと自分の庭を持つんだと思い続けていました。今まではほんの少し試しにやってみるだけでしたので、もっとちゃんと学びたいと思っています」

次はシェリイだった。「あたしの成人してからの人生も、ジェーンと似たようなものです。でも子供たちが成長して自立してくると、他のことに関心をひろげる時間ができました。ガーデニングはあたしにとって、重要度の高い関心事です。それからあたしは、ジェーンのお隣に住んでます」

ジェーンはひそかに微笑んだ。シェリイにしては驚くほど謙虚な自己紹介だ。さすがのシェリイも、知識がないせいで困るものについに出会って、いつもならはまり役としてみごとにこなす仕切り屋のふりすらできないでいる。ジェーンの考えを読んでいるかのように、シェリイがすくめたのか震わせたのか、かすかに肩を動かした。

次は、チャールズ・ジョーンズ、とてつもなくきれい好きで清潔な、アイロンかけたての男の番だった。彼は優等生のように立ち上がり、自分がコンピュータ・プログラマーであることや、暇な時間を植物学の研究に充《あ》てていることを説明し、みんなが近くに住んでいて、車の相乗りを計画できるようなら、この講習会の一環として今週のうちにそれぞれの庭を見て回れるのにと言った。

ぼそぼそと同意する声がしたが、ジェーンは震え上がった。彼女の家の庭は真っ白なキャンバスとほぼ同じなのだ。春が来るたび、庭に植物を植えて芝生に肥料を撒こうと誓う。なのに一度もすぐに取りかかったためしがない。このところ、うんちすくいスコップを持たずに外へ出ていたから、マイクにウィラードの後始末をさせなければならないし、今年こそは実際に庭作りをしようとしたところを見せるために、鉢植えの一年生植物をひと山取り寄せなくてはならない。少しくらいならマイクが植えるのを手伝ってくれるだろう。なにせあの子は、夏のアルバイトを園芸農場でやっているのだ。

「……それから」とチャールズは続けた。「ぼくはたまたまミス・ウィンステッドのお隣に住んでいます。ぼくたちの庭は、みなさんの眼に好対照に映ると思いますよ」悦にいった言い方をすると、鋭い折り目線を保つためにズボンの膝部分をつまみ上げ、きちんと坐った。

替わってミス・ウィンステッドが発言した。立ち上がらずに。「私は生涯の大半を図書館司書として過ごし、大叔母からの遺産相続という思いがけない幸運に恵まれて、図書館司書の仕事をボランティアとして続け、一生の関心事であるガーデニングにもっと時間をかけられるようになりました。ミスター・ジョーンズの、私たちの庭が好対照であるという意見は、全くその通りです。みんなが彼の提案を受け入れてくれればよいと思います」ジョーンズにまたも冷ややかに微笑む。

ジェーンとシェリイが教室に来た時に雑誌を読んでいた年配の男が、最後に立って話し始めた。「アーノルド・ウェアリングです。友人はアーニーと呼ぶし、ここのみんなにもそう呼んでもらいたい」咳払いをする。「亡くなった妻のダーリーンが、実に庭作りが上手でして、家と庭を完璧に整えてくれてました。妻が裏庭にいるところを、みなさんにもお見せしたかった。微笑みを浮かべて歌を口ずさみながら、雑草を引き抜き、大切な花の世話をしているところを」

ここは感動するところだと、ジェーンにもわかってはいたが、笑ってしまいたかった。その演説があまりにどこかヴィクトリア時代風で――いや、寄席芸人風というか――それこそモンティ・パイソンの寸劇に出てきそうで。

「妻が逝ってしばらくたちます」アーニーは続けた。「妻の思い出を大切に思い、何もかも妻がしていた通りにしようとしてきました。ところがわしにはあまりうまくやれん……ようですな……」だんだん声が小さくなった。自分を守るためのように胸の前でたくましい腕を組み、すとんと腰をおろした。

「本当にすばらしいお話だったわ、アーニー。わたしたちにも聞かせてくださって、ありがとう」ウルスラが言った。そして立ち上がった。「わたしがこの場にいるのは、わたしが宇宙の一部だからです。わたしたちはみな、生きて呼吸して成長をめざす存在であり、庭はわたしたちの自然の一部でなくてはなりません。庭とは、自然の最も洗練された形なのです」

ウルスラの体からクリップが二個、チャリチャリと床に落ちた。

「それにわたしは興味があるんです、みなさんもきっとそうだと思いますが」と付け加え、反対意見の出そうな徴候はないかと全員を見回す。「この分野のどの部分が政府のものであるかということ。他にもわたしたちの人生のあらゆる局面に、政府は欲深い手を出しているのですから」

ウルスラが微笑んで腰をおろしたのは、バッグの片方から落ちたフォークの上だった。「あっ」クスクス笑いながら、フォークを巨大なバッグに突っ込む。

イーストマン博士が、指名し忘れた受講者がいないか部屋を見回すと、ステファンが言った。「ぼくも生徒ですよ。もともとこの講習会に出るつもりだったんです。ジュリーがあんなことに——ならなくても」仕切り直して話し出す。「ぼくはうちの庭に小さな池を作りたいと思っているのですが、植物やら魚やらカタツムリやらのことでもう頭がごちゃごちゃで、それらをどれだけずつ手に入れればいいとか、どれが冬を越すのかとかがわからないでいるんです」と、そこで微笑む。「ぼくは南のほうの出身で、いまだシカゴの冬には慣れません。いったい慣れることがあるのかさえ、わからないですが」

ドアを叩く音がして、教室の後ろの席に戻ったステファンが、ドアを開けにいった。どこかで、あっと息を呑む声がした。入ってきた女はジュリー・ジャクソンにそっくりだった。

女はおずおずと中を見渡した。「ジェニーヴァ・ジャクソンと申します。ジュリー・ジャクソンの姉です。お邪魔してすみません。ただ、みなさんも妹が襲われたことを記事でお読みになって、妹の状態を知りたいのではないかと思いまして」

ぜひ、ぜひ、と丁寧な返事が一斉に返ってきたので、ジェニーヴァは答えた。「妹はまだ集中治療室におりまして、ほとんど意識は戻っていません。手を動かしたり、声を出したりできるくらいには。わたしの夫も含め——夫は神経科医なのですが——医師の説明によると、妹の経過は大変良好で、時間をかけ、幸運にも恵まれればかなりの回復が見込めるだろうと。あるいは、正直に言うと、そうはいかないかもしれません」

「あなた、苗字を変えてないのね」出し抜けにウルスラが声をあげた。「今時の女性のそういうところ、いいと思うわ。むろん、女の旧姓が現実には男の苗字だとしても。つまり父親の名前ってこと。別の文化圏の場合、母系社会なんかだと違うわ。みんな母親の名前を継ぐのよ。そのほうがはるかに適切で、科学的に意義があるわよね。だって、人のDNAは母方のつながりで引き継がれていくものだから」

ウルスラの他には誰にもその気がないのだから、ここは自分が収拾すべきだと、シェリイは思った。立ち上がって椅子の間を縫って進み、ジェニーヴァの腕を摑む。「ちょっと坐って楽にして、気を静めたらいかが？　ちょうどイーストマン博士が講習会を始めるところだし、興味深いかもしれない。あなたは、病院からしばらく離れたほうがよさそうよ」

ジェニーヴァはありがたく椅子に腰をおろし、やや申し訳なさそうに受講者たちに言った。「わたし、病院では失敗ばかりで。みんなを陽気にしようとがんばるんですけど、かえって怒らせてばかりで。妹には夫が付き添っていて、わたしよりずっと適任ですし、実のところ病室を出るように言われてしまったんです」情けなさそうに微笑む。「かまわないでしょうか、イーストマン博士、わたしがここにいても？」

「かまわないとも」彼は愛想よく答えた。「それに、妹さんが良くなっていると聞いてほっとしたよ。私たちはそれぞれ自己紹介をして、この講習会に関心を持つ理由を説明し合ったところでね。みなさんも、きみのことを知りたがっていると思うよ」

まるで知り合いのような喋り方だと、ジェーンは思った。実際、そうなのかもしれない。

「わたしの妹は、植物特許の請求について調査するチームに所属しています。わたしも同じ業界の別分野で仕事をしています。妹はフリーランスで実験をし、特許申請が難しいと思われる場合に、他の特許に配慮して植物のカッティング（植物の根、茎、葉などを切り取り、砂などに挿して発根させ、繁殖させる技術。挿し木、挿し芽など）を行うのです。わたしはコロラド州の高原地帯《ハイ・プレーンズ》に農場を所有し、妹の試験者《トライアラー》の一人として、アメリカ全土とカナダ、メキシコをカバーしています。この件については、全てイーストマン博士が説明してくださると思います」

ジェニーヴァ・ジャクソンは、さっきよりはいくらかくつろいだ様子で椅子に腰かけ、あとは聞き手に回るという意思を示した。

5

イーストマン博士が誇らしげに胸を張って立った。「どこから始めればいいかの判断が難しいのだがね。ガーデニングをする者の多くは、植物特許について耳にしたことはあるだろうが、これをクローン技術を伴う最近の展開だと思い込んでいる。それは間違いだ。米国の植物特許法は一九二〇年代に制定され——」

「一九三〇年」ミス・マーサ・ウィンステッドが、小さいが明瞭な図書館員の声で言った。

「五月の下旬です」

博士は彼女をにらんだが、訂正に反論することも受け入れることもなく、情報カードを読みながら続けた。「植物特許法にはこうある。塊茎植物や栽培されていない状態で発見された植物を除き、あらゆる栽培変種、突然変異種、雑種、および新たに発見された苗について、特異かつ新たな植物品種を生み出したか、あるいは発見して無性繁殖させた者は、それゆえに特許を取得できる」

全員がぽかんと彼を見つめた。

「書き留められるように、もう一度ゆっくり言ってもらえます？」ウルスラが訊きながら、床に再び落としてしまったノートとペンをごそごそ探し、同時に落ちた大小さまざまなものをバッグに詰め直している。

イーストマン博士はそうした。「こういう用語のいくつかに、不慣れなかたがいるのはわかる。無性繁殖、という用語もその一つだろう。これはつまり、種を蒔くことを除いて、ほぼ全ての方法によって、既存の植物から新しい植物を生み出すことを意味する。植物を切り取ったもの《カッティング》を植えてもいいし、根や塊茎の一部を使って栽培したり、球根を切り分けたり、高取り法といって、木や灌木《かんぼく》の枝を傷つけて発根を促したり、球根から子球を取りはずしたりすることもできる。無性繁殖と呼ばれる理由は、これらのどの方法を使っても、育った植物は元の植物と遺伝的に全く同じものになるからだ」

何人かがなるほどとうなずいたのを見て、博士は続けた。「かたや、種子とは有性繁殖を意味する。二つの植物の染色体が混じるということだ。実際、これは繁殖のプロセスを始めるのに格好のポイントでね。たとえば特殊な色のインパチェンス（ツリフネソウ科の一年草）が欲しければ、数多くの花粉をかけ合わせて種子ができるのを待ち、その中に欲しい色のものが作れているか確かめる。できていれば、インパチェンスはカッティングで簡単に根が出るから、大量にカッティングを作ればいい。また、よく広がりたくさん花を咲かせるインパチェンスが欲しければ、手に入った中で最もよく広がる望みの色のインパチェンスの花粉をかけ合わせればいいわけだ」

「でも、植物特許法は種子には適用されないと、おっしゃいましたよ」シェリイが言った。

「インパチェンスはカッティングにより根が出やすいとも言った」イーストマン博士は説明した。「低木のシモツケくらいの大きさになるインパチェンスが手に入れば、発根能力もシモツケと同じくらいあるかもしれない。または、ないかもしれない。そこが交配の肝心なところだな。失敗する方式がある一方、ごく稀にきわめて貴重な方式が大変な成功を収めるわけだ」

彼は教室を見渡し、ほとんどの受講者が話を理解している様子なのに大いに満足した。「当然ながら、一つ一つの交配とその結果および当該植物に関する漏れのない情報を、詳細に記録しておかなくてはならない。この膨大なデータを、植物特許申請書に添えて提出する必要があるからだ。植物とカッティングについて書かれた明細書や、写真や小さな鉢植えの見本を提出するだけで、重要な記録が欠けていれば、必ず拒絶され、正しくやるように言い渡される」

「ものすごく時間がかかるんじゃないですか?」ジェーンが言った。

「えてしてね」イーストマン博士は言った。「最初の作業はつまらないし、その後は種が育ち、生長し、種を作るまで、手にしたものがどういうものかもわからないまま待たなくてはならない。しかし繁殖業者は同時に数多くのプロジェクトを進めているから、一、二年の間、苗木が樹木に生長するのを、のらりくらり新聞を読みながら待つというわけではないよ。

「次の段階は、試験《トライアル》をするため試験者《トライアラー》と呼ばれている栽培家を見つけることだな。繁殖業者は多くの試験者との間に……うん、なんというか、ある程度の秘密と信頼関係を持っているものだ。イリノイ州の北部で仕事をしている私は、ごく内密の契約を栽培家と交わしており、彼らは高原地帯（ハイ・プレーンズ）、深南部、北西部の温帯雨林地帯、ウエスト・テキサス、メーン州、アパラチア山脈、砂漠地帯に、外部から隔絶された栽培用地を持っている。私はカッティングや子球や、その他にも無性繁殖の手段として認められる植物の一部を、生育に適していると思われる環境の地域に送る。しばしば適しているとはとても思えない地域にも送るが、それは交配させるつもりのなかった植物の意外な特質を知って、繁殖業者を驚かせるためなんだ」

困惑顔をした者がいたのだろう。イーストマン博士がジェーンの後ろにいる誰かを見て言った。「きみの交配したインパチェンスが、驚くほど耐寒性のあるものであったとしよう。このことは温暖な南部の試験者にはわかるはずがないが、細胞構造は零度で破壊されるといっても、ごく軽い霜にならずその特殊なインパチェンスが倒れずに耐えられることを、北部にいる誰かは気づくことになるかもしれないわけだ」

彼は他にも例をいくつか挙げて話を続け、三十分もたった頃、聞き手の頭が情報であふれているのを察して言った。「私の話は今日はここまでにしましょう。今の講義で話した内容をまとめた小冊子があるから、これをお渡しするので、眼を通してよく理解しておくように。明日の講義では、小冊子についての質問を受け、次の段階に進みます」

「お庭訪問の件はどうなさいます？」ミス・マーサ・ウィンステッドが訊いた。

「この講義の残り時間は、その計画を練るために充てるんです。それができたら、ちょっとした発表会といきましょう。ミセス・ジェフリイとミセス・ノワックの順番は最後にしたい。どうやらガーデニング初心者のようだし、先に他の人たちの庭を見れば得られるものがあるだろうから。それと、ミス・ウィンステッドとミスター・ジョーンズもお隣同士なので、同じ日にしよう。私はこの近所にも家があります。子供や孫に会いにきた時や、シカゴでの講義をする時に使っている家でね。とはいっても、みなさんほどこのあたりに詳しくはないので、予定を組むのは何名かにおまかせしたい」

全員が住所を申告してみると、ひどく遠方に住んでいる者はいなかった。講義の後半の時間を使って、一日に二軒の庭を訪ねるのが簡単でよさそうだった。もちろん、言うは易しである。他の要因が出てくるまでは。ミス・ウィンステッドは、今を盛りに咲いているものがあり、それが火曜日か水曜日を過ぎるともたないとかで、一番目の訪問を希望した。ウルスラ・アップルドーンは、大掛かりなガレージセールをほぼ毎週のようにやっている家の近所に住んでおり、セールがある木曜日には彼女の家に車をとめるのは無理だという。

イーストマン博士は、なんとかいらだちを抑えて待っていた。なにせ道順や日程や相乗りのことを話し合っても、決まらないままどんどん時間が過ぎてゆくのに、教え子たちときたら、時折大きく話題からはずれて、天候や道路状態やガーデニング用品の置き場について考え込み、それればかりか、美容院やら今論議を呼んでいる町議会の決定事項やら、「今時の若者はどうなるのか」とやらについて、あれこれ喋り散らすのである。

受講者たちの自制心と処理能力のなさに悶々としていたシェリイが、その場を取り仕切った。

「さあ、全員の話を聞いて、あたしが予定表を書きました。これを回して書き写してください」シェリイはやや乱暴にスパイラルノートから一枚破り取って、むだ話の一番のもとであったウルスラに突きつけた。

「これで全て片づいたかな？」イーストマン博士が訊いた。

全員がシェリイに眼をやった。

「片づいたことにすべきでしょう」シェリイはきっぱり言った。

同じタイプの女であるミス・マーサ・ウィンステッドが、賛成とばかりにシェリイにうなずく。

「結構。それでは、次の道具を使う準備ができたと、助手に知らせてくるとしよう」イーストマン博士は言うと、ドアのところへ行き、廊下の向こうにいるブライアンとやらに呼びかけた。現れたブライアンは、ちょっとばかり間抜け面をした大柄のティーンエイジャーであり、とてつもない筋肉がつき、完璧に均整の取れた体をしていた。彼はジェーンが卵パックを扱う時のように、軽々と慎重に大きな箱を運んできて机に置いた。箱には、底に届きそうなところまで、上蓋がはまっている。巨大なキャンディ・ボックスのようだった。ブライアンとイーストマン博士は、それぞれ箱の片側から上蓋をゆっくり上げた。

箱の底の台にミニチュアの庭がしつらえてあった。中央には尖った感じのものが、それから縁に沿ってジェーンがヨモギだろうかと思ったフワフワしたものが収まっている。だがその二つの間にあるものが厄介だった。

ちんまりまとまった植物で、ギザギザの形をした濃い緑色の葉とコーラルピンクの花を持っている。

「このピンクの花はなんですか?」シェリイが質問した。

イーストマン博士は身を乗り出し、興奮を誘う声で言った。「マリーゴールドです」

「マリーゴールドはピンクじゃないわ。色はゴールドかクリームかオレンジだけ」ウルスラが言って、よく見ようと立ち上がった。他の受講者たちもそれに倣った。

「確かにマリーゴールドなんだ」イーストマン博士は断言した。「すまないが、これは私が特許を申請しているところなので、分けてあげられない。まだ一般には公開されてないんです」

ジェーンは植物に詳しいわけではなかったが、マリーゴールドについてはよく知っていた。彼女のほったらかしようにもかかわらず生き残ってくれる数少ない一年草の一つであり、しかも安いからたくさん買える花なのだ。「さわってもいいですか?」と訊いてみた。

「もちろん」イーストマン博士が答えた。

ジェーンは葉をつまんで、指についた匂いをかいでみた。これぞマリーゴールド特有の匂い。葉はまさに疑いようがない——つやつやの濃い緑色をしていて、端がギザギザ。驚嘆すべきは色だった。花の形は確かにマリーゴールドそのものだが、まるで色を染め、針金を突き刺して固定してあるかに見える。花に触れてみるとみずみずしく、生きていた。この色を茎か土壌から注入した可能性はあるだろうか？

祖母の農場の生け垣に沿って生えていたノラニンジンを、ジェーンは思い出した。姉のマーティとノラニンジンを摘むと、色をつけた水に、時にはインクの小さな瓶に、祖母がその茎を挿させてくれたものだ。するとクリーム色の花がその液体の色に変わるのだ。

クリーム色のマリーゴールドにも、同じことができるだろうか？

それとも、本当にコーラルピンクのマリーゴールドなんだろうか？　植物特許にこれだけ詳しいイーストマン博士なら、ジェーンが考えているようなトリックは使わないはずだった。彼女がくるりと体の向きを変え、ちらりと眼をやると、ジェニーヴァ・ジャクソンは教室の後ろの席から動いていなかった。しかも微笑んでいた。

「どうやったんですか？」ミス・マーサ・ウィンステッドが、感動している口調で訊いた。

「長年の退屈な交配作業のおかげだよ」イーストマン博士は言った。「明日、私のデータのコピーを持ってこよう。それに眼を通せば、どんなふうにまとめてあるかわかるし、それに特許申請書がどういうものなのかだけでなく、申請に必要となる詳細もわかるでしょう」

「本当にセンセーショナルだわ。こんな言葉、普段の私は軽く口にしたりしないのよ」マーサは言った。「いつ一般に出回るようになるんでしょう？」

「あと二年、いやたぶん三年はないでしょうね。無性繁殖で生産しなくてはならないから、見つけられる限りの栽培家を雇って栽培をまかせないと。幸運なことに、今はクローン技術という強みがある。はるかにコストはかかるが、ずっと早くできる。マリーゴールドは挿し穂で簡単に発根するような植物ではないしね」

教室の誰もが、その驚くべき植物から眼を引きはがせないでいた。

「わたしが一番に買わせてもらうわ」ウルスラが言った。「驚いたし、うちのハーブの間できっとすてきに見えるはずよ」

イーストマン博士がブライアンにうなずくと、助手は箱の上蓋を元に戻して運んでいった。

6

シェリイとジェーンはコミュニティセンターを出て、お昼を食べにお気に入りのメキシコ料理店へと向かいながら、驚嘆すべきピンクのマリーゴールドの件を喋りまくった。

「ああいうものを生み出すのに、どれだけの労力をかけたことか考えてもみてよ」シェリイが言った。「あたしには、とてもじゃないけどそこまでやる忍耐力はないな。純白のマリーゴールドをめざすコンテストってのを、誰かが長年やってなかった？」

「あたしも覚えてる。淡いクリーム色より白いものは、出てこなかったんじゃなかった？」

「あたしが業界《ビジネス》にいたとしても、ピンクのあの花を作ってみようとは、たぶん思いつきもしなかったな」

「あのね、今朝あたしが一番驚いたのは、そのことなの」ジェーンは言った。「あれが商売《ビジネス》だってこと。それもたいそうな商売。新しい植物って、もっと簡単にできるものだとずっと思ってた。大金がからんでるんだろうな。そうでなきゃ、誰も何年も費やしたりしないよ」

「それだけ費やすのも当然だよね。ピンクのマリーゴールドが農場に出回るようになったら、飛ぶように売れるだろうから。金額にしたらいくらになることか」

ジェーンはギプスに眼を落とした。足指の周辺部分がもう薄汚れてきている。「ジェニーヴァ・ジャクソンがあの花を見にこなかったのに気づいた？」

「気づかなかった。でも彼女には、もっと大事なことが頭にあったんだろうし」

「だけどあたしたちがぽかんと見とれてた時、彼女は微笑んでたんだよ」

「本当？」シェリイは言い、猛スピードで角を曲がったので、ヴァンのタイヤがキーッと軋んだ。

「イーストマン博士は、彼女をよく知ってるって気がしなかった？」ジェーンの声は震えていた。足の骨を折って最悪なことは、シェリイの隣、助手席に坐らなくてはならないことだ。

「彼女ってどっちのこと？」

「ジュリーとジェニーヴァの両方。そんな感じがした」

「考えてみたら、確かにそんな気もしたかな」シェリイは言い、料理店の前の駐車場で一台分だけ残っていたスペースに、別のヴァンに先んじて乗り入れ、相手に明るく手を振った。

「ここには駐車できないよ」ジェーンは言った。「体の不自由な人のための駐車スペースだし、バックミラーに貼っとくように言われてもらったステッカーを、家に忘れてきたから」

「誰が見てもあんたの体は不自由だって、一時的なものだとしても」

「ひょっとしたら、ジェニーヴァは彼の秘密の栽培家の一人なのかも。だとしたら、彼女があの花を見にこなかったのも納得がいく。たぶん何百本と見てきたからなんだ」

じたばたしながらヴァンから降りる際、ジェーンは怪我したほうの足をいくらか痛めつけてしまった。だがシェリイの運転から解放されるなら、痛めただけの価値はある。

二人は店の正面の窓側にあるお気に入りのボックス席を確保し、じっくりメニューを吟味した。何度も食べにきているので、どちらもメニューはよく覚えていたけれど。

ウェイトレスがジェーンの松葉杖を見て大声をあげた。「いったいどうしちゃったんです？」

「歩道の縁石のとこで転んだの」

ウェイトレスはしばらくぽかんと見ていたあげく、言った。「あらぁ」

ジェーンはチリ味のタコス・サラダを注文し、シェリイは思い切ってチキン・チミチャンガ（具材に香辛料を加え、トルティーヤの皮で包んで揚げたもの）を頼んだ。ウェイトレスが行ってしまうと、シェリイが言った。

「ジュリー・ジャクソンが襲われたのって、彼女の仕事と何か関係があると思う？」

「あたしも同じことを考えてた」ジェーンが言った。「だけど、彼女があの業界にどう関わっているかが、どうもよくわからなくて。ジェニーヴァが言ってたよね、ジュリーとは姉妹というだけではなく、仕事上の関係もあるって。ジュリーもイーストマン博士のように、繁殖業者なのかな？」

シェリイが肩をすくめた。「ジェニーヴァは、ジュリーを特許の捜査員みたいなものだって言ってた気がする。あやしい特許申請を調査するんだって。彼女は確か、問題があるものを、とだけ言ってたと思う。ジュリーの庭に、特に興味を引くようなものは植えられてなかったみたいだけど」

「でも、裏庭は見てないよ」

「確かに。メルは知ってるのかな、彼女が実際にどんな仕事をしてるのか？」

「あんたも彼の話は聞いてたじゃん」ジェーンは言った。「彼女は地下に実験室兼オフィスのような部屋を持っていて、そこにはファイリングのキャビネットがたくさんと、照明の当たっている植物もあったって。確かそんなふうに言ってた。足に気を取られすぎて、あまりちゃんと聞いてなかったけどさ」

「ジュリーがああいう事業にどこで関わっているのか、調べなきゃ。彼女の仕事内容についてジェニーヴァが言ってたことだけど、あたしは思い違いをしてたかもしれない。ひょっとしたら彼女が襲われたのは、前にあたしたちが話してたように、やっぱりお金のためだったのかも」

「どういうお金のため？」ジェーンが訊いた。

「わからない。だってどういうお金がからんでるかが、あたしたちにはさっぱりわからないもの。そのお金を誰がどうやって手にするかってこともね。そこはすごく知りたいとこだな。なんたってお金が動機の犯罪は多いから」

「じゃあ、彼女を襲ったやつはなんで何も取らなかったの？」ジェーンが訊いた。

「やつは女かもしれないけど、そいつが取らなかったとは限らないよ」シェリイが言った。

「紛失しているものがあるとしたら、それを推測できるのはジェニーヴァだけだろうね。でも彼女だって、はっきりとは判断できないかもしれない」

その日の夕方、ジェフリイ家のリビングに入ってきた娘が、かすかにフランス語のアクセントを響かせてジェーンに訊いた。「ママ、なんでそんなつまんないギプスにしちゃったの?」

「他のギプスは勧めてもらわなかったもの」ジェーンは答えた。「アイスティーを持ってきてくれる、ケイティ? 冷蔵庫に入ってるから」

「もっといいものがあるよ」〝もの《サムスイング》〟の発音に、二カ所かすかにzの音がうかがえた。ケイティはジーンズのポケットをごそごそやって、折り畳まれた紙を取り出した。

「なあに?」ジェーンは言った。「まあ、かわいい花のシール。カラー写真にも見えるくらいね。コンピュータのモニターの外枠に貼るわ」

ケイティは肘掛椅子に飛び込んで言った。「もう、ママったら」強い責め口調だ。

「だめなの?」

「ママってば、それはギプス用。つまんないギプスなんか、誰もしてないよ。友達にサインしてもらわなきゃ。それに画家の知り合いがいたら、スケッチか絵を描いてって頼まなきゃ。画家の知り合いがいなくたって、シールを貼ればいいのよ」一時的に偽のアクセントは忘れられている。「腕の骨を折った男子生徒なんかね、すごくカッコイイのをしてた。彼のお母さんがキルトのデザインみたいに飾り紐を編んで、それをどうやってかギプスに貼りつけてたの。でさ、ママのギプスはいつ取れるの？」

「うんと汚くならないうち、であってほしいわ。お医者さんはなんとも言わなかったのよね。二週間後にまた病院へ行って、もう一度X線写真を撮るからって、それだけ」

「すてき。それはノコギリで切らなくちゃいけないんだよ」ケイティが言った。「あたしも行っていい？」

「それってあたしの脚、それともギプス？　ほんとにノコギリで？」

「わかりませんわ、お母さん《マ・メール》。お友達に訊いてみます」

ケイティは夏休みの最初の二週間を、親友のジェニーとその両親と共にフランスで過ごした。ジェニーの両親が、自分たちの計画した観光地巡りに娘が退屈しないようにと、ケイティも一緒に連れていきたいと頼んできたからだ。この夏、ケイティにいらいらさせられずに過ごせるならばと、ジェーンは喜んで飛行機代を出した。ケイティは夏のアルバイト探しをする気はなかったし、毎年夏になると入り浸りだった町営プールにも出かけようとしなかった。塩素で髪が傷むとかで。フランス旅行の話が持ち上がる前から、ジェーンは三カ月間もケイティがべったりそばにいて、何もせずにぶらぶらしているのを見るのはうんざりだと思っていた。

フランス旅行は、ジェーンの想像とは全く違う結果となった。ケイティはフランスのあらゆるものに恋をしたのだ。フランス人は教養があり、夕食は十時に食べる。ケイティはジェーンが作った夕食を取っておき、温め直して就寝の直前に食べている。そして母親にワイン・ソースを研究し、おいしい子牛肉を買うよう求める。以前の肉に対する見方とはえらい違いだった。それも子牛肉とは。

「ケイティ、これからうちのお炊事は、あんたにもある程度引き受けてもらわなきゃならないわ」ジェーンは言った。「今のママがキッチンを動き回るのは、とても大変なの。でも子牛肉はやめて。二人でメニューを作ってみない？　あんたも料理を覚えていい頃だわ」

「マイクはどうなの？　あたしより年上じゃない。お兄ちゃんに覚えさせてよ」

「マイクは何を食べようがかまわない子だもの」

　こんな会話が交わされている間に、勝手口のドアが開き、それから閉まった。「俺のことを話してるの？」マイクがリビングルームに入ってきて言った。すぐ後ろに女の子がいた。「ママ、この子はキプシー・トッパー。夏の間仕事をしている園芸農場で、今日知り合ったとこ」

　ジェーンは顎が落ちないように、真剣にがんばらねばならなかった。キプシー・トッパーは——それが本名であればだが——きっと違うとジェーンは確信していたけれど——マイクが家に連れてくるような子には絶対に見えなかった。焔のような色の髪をしている。いや、鬘《かつら》だろうか？　大きなラガディ・アン・ドール（ボロを着たアン人形。シリーズ絵本に出てくる抱き人形のキャラクター。人形も制作された）みたいだ。両方の眉と鼻にピアスをして、バギー・ジーンズの上にペラペラのスリップに見えるものを着ている。痩せた肩には蛇の刺青。十四歳にも、二十四歳にも見えた。どちらであってもマイクには若すぎるし、年上すぎる。それに奇抜すぎる。マイクはずっとブロンドのチアリーダータイプが好みだったのに。

「キプシー……」ジェーンはぐっと驚きをこらえてから続けた。「会えて嬉しいわ」

ジェーンは話している間、マイクを見ていた。彼は穏やかに微笑んでいる。

「食事のことを言おうとしてるんだったら、キプシーと俺は、今夜はタイ料理の店に行くから。彼女はその店でアルバイトをしてるんだ。店の主人が店内に飾りたいというので、彼女が花を買いにきてたのさ。花は俺のトラックに積んである。これから運ぶとこ。たぶん帰りは晩《おそ》くなると思う」

マイクがキプシーをさっさと家から連れ出すと、肝をつぶしたジェーンは椅子に坐った。

「ワオ！」ケイティが声をあげた。

「そのワオっていいほう、悪いほう？」ジェーンが訊いた。

「ママ」ケイティは責めるように言った。「いつまでも見かけで人を判断してちゃだめだってば。そんなのダサいし、偏見ってものよ」

「わざわざ変わり者に見せようとしてる場合は、もちろん判断できるわ」ジェーンは言った。

「それはある程度その人の性格を物語っているからよ」

これにはケイティも答えようがないため、軽蔑を込めて鼻を鳴らすだけにして、それから言った。「カッコイイって、あたしは思ったな。あたしの髪もああしてみようかな」

「そんなこと、ママは死んだって許さない」ジェーンは言った。「あんたが死んでもよ。おそろしいことをしないと約束するんなら、仮免許でも食料品店まであんたに運転させてあげるけど」

「マイクはおかしくなっちゃったんだと思う」あとになってジェーンはシェリイに話した。

「あんたにもあの女の子を見てほしかった」

「見たよ」シェリイが言った。「あの子たちがあんたんちに入るとこを、キッチンの窓から見てたの。うちのデニスを探しにいって、二十五歳になるまでクローゼットに閉じ込めたくなったわ。ううん、三十歳までかな。マイクはどこであの子に出会ったの?」

「アルバイト先の園芸農場。彼女が働いてる料理店用に、花を買いにきたんだって。料理店の主人も、彼女と同じくらい趣味が悪いに違いない。あの子の着飾りようを見たうえで、店の飾りつけをあの子の好き勝手にさせたりするんだから」

「心配ないよ。マイクは賢い子だもん。彼女に恋なんかしないって」シェリイが言った。

「あんたが間違ってたらどうする?」ジェーンはめそめそ言った。「あんな嫁を持つとこなんて、想像できる? どんな結婚式になるか予想してみて。会場はたぶんタイ料理の店で、花嫁付添い人は下着かサリーをまとってる。でなきゃ、繁華街のボディ・ピアス専門店のそばの橋の下とか」

「たぶんね、マイクはあんたに珍しいものを見せたくて、彼女をひっぱってきたんだよ」シェリイが言った。

「ああ神様、そうであってください」

「ジェーン、おかしくなりかけてるのはあんたのほう。マイクは彼女と知り合ったばかりだよ。結婚式の心配なんかしないでいいって。見てなさい、大学を卒業するまで、マイクは結婚したりしないから」

7

ジェーンはキッチンをぎこちない動きでうろうろしながら、一番簡単にできる夕食は何かと考えてみた。肉のローストかな。クッキングバッグに入れて、あとで取り出すだけ。でも両手を使わなくてはならない。松葉杖を使わずに、うまくバランスが取れるだろうか？ バーベキュー・グリルでハンバーグを焼く？ だめ、パティオへの階段が多すぎる。

ジェーンが冷蔵庫の中を漁っていると、勝手口でバタンと音がして、ウルスラ・アップルドーンが入ってきた。鍵を閉めることに無頓着だったことを、ジェーンは後悔した。それに、家族や親しい友人でもないのに、ドアに鍵がかかっていなければ、ノックをしなくてもいいと考える人はいないと高を括《くく》っていたことにも。それでも歓迎の笑みを作った。そういうふうに育てられていたから。

「あなたには栄養のあるものが必要だから、持ってきてあげたわ。ちょっと網戸を押さえててちょうだい」ウルスラは言い置いて、ジェーンのよりさらにみっともないステーション・ワゴンへ引き返した。

ウルスラはすぐに大きな段ボール箱を抱えて戻り、キッチンのカウンターに中身を並べ始めた。

「ひき割りトウモロコシよ」ラップのかかった皿をどんと置いて言う。「栄養素がいっぱい入ってる。うちの庭で取れたタンポポの若葉。ほとんど調理はしてないから、ビタミンがそのまま残ってるわ。それから、忘れずにこのジュースを飲んでね。カルシウムとカリウムたっぷりよ。骨折にいいの」

「あの……ウルスラ、夕食はハンバーグにするつもりなのよ」

「肉ですって？」ウルスラは唖然とした。「最近は肉を食べる人なんかいないと思ってた。政府はね、肉に発がん性の化学物質がたくさん含まれるように要求してるのよ」

「あなたは事実を反対に捉えてるのかもしれない。政府は酪農家に化学物質を除かせようとしてるわ」ジェーンは言いながら、タンポポの若葉をじっくりと見た。葉と共に、昆虫にも見える異物がたくさん交じっていた。花が枯れてこんなふうになっているだけだと思いたい。

「違うのよ、あなた。わたしたちが毒を摂取しているのは政府のせいなの。少なくとも政府がそれを許している事実を、わたしたちは認めなきゃ。政府が輸入を許してる苺を見てご覧なさい。茎の先にあるのは死よ。さあ、これが完全無添加のパン。有機栽培されたジャガイモの粉と放し飼いの鶏の卵とで、わたしが作ったの。落としたら、煉瓦みたいにドシンって音がするわ」

「ウルスラ、あたしは完全に何もできないわけじゃないのよ。お心遣いには感謝するけど――」

「そんなこと考えないで、ジェーン。これは全員参加でやらなくちゃ。ほら、わたしは看護師なのよ。ああ看護師だったけど、政府がばかげたことを口実にして、免許を取り上げたんだったわ」

「ばかげた口実って？」ジェーンは訊かずにはいられなかった。

「薬物売買」ウルスラが平然と言って、ボウルの蓋を取ると、藻に似たあやしげな緑がかった青いソースのかかっている豆腐が入っていた。「ばかばかしいったらない。いわゆる規制薬物なんか、わたしは一切使わなかったわ。自然のハーブやスパイスやミネラルだけを、個人的に看ていた患者に使ったのよ。患者はみんな元気になったわ。そうよ、百一歳になった患者は、人生最後の二年間を刺激的にしてくれたと感謝して、全財産をわたしに遺したくらい。さあ、テーブルに着いてね。これ全部、お皿に盛りつけてあげるから」

ジェーンはそろそろ坐る必要があったが、食べる必要はなかった。これって、一度きりの訪問であってほしい。それともウルスラはこの足が治るまで、ぞっとする食べ物を無理強いするつもりだろうか？　おそろしい！

ウルスラは抽斗を掻き回し、使い古されたキッチン・スプーンを持ってきて、カウンターに置いた皿に自分の創作料理をすくい入れた。「さあ、食べてみて。ずっと気分がよくなるわ」

ドアをノックする音がしたため、ウルスラが走っていき、シェリイを中へ入れた。

「あら、ミズ・アップルドーン。ここに来てたなんて、知らなかったわ」ウルスラが背を向けると、シェリイはジェーンにウィンクしてみせた。

ジェーンはシェリイに「助けてよ！」の眼つきをした。

「ちょうどジェーンに夕食をあげてたところよ」ウルスラが言った。

「それはなんなの？」シェリイは眼にしたものへの不快感を隠さずに訊いた。

ウルスラは腹を立てるより憐れむように、全ての料理の説明をした。シェリイは耳を傾け、うなずき、笑みを隠そうとする。「ジェーンのためには、今の時点で食事内容をがらりと変えるのはどうかと思うわ。だって、大変なストレス下にあるわけだし」

ウルスラはうなずいた。「だからキャラウェイ風味のフムス（ヒヨコ豆を主材料にして調理したペースト）なの。ストレスに効果絶大よ」

「ああもう」ジェーンは思わずつぶやいた。

「実はね、ジェーンをうちでの夕食に迎えにきたの。持ち帰りの中華料理を食べようと思って」

「化学調味料漬けよ！」ウルスラは慄《おのの》いた。「そんなもの食べたら死ぬわよ」

「まだ生きてるわ」シェリイが静かに言った。「ジェーンもあたしも、それを食べて元気いっぱいよ」

「あたし、あまりお腹は空いてないの」ジェーンは言った。「これは冷蔵庫に取っておいてもらえない？　深夜に軽くつまむことにするとか？」

深夜までには、ヒョコヒョコ歩いてでもゴミ箱に捨てちゃって、きれいに平らげたって顔をしてればいい。

「とてもいい考えよ。とにかく中華料理は食べないことね。さあ、坐ってもっと親しくなりましょうよ」

ウルスラの後ろに立っていたシェリイが、眼をグルグル回してみせ、ジェーンはため息をついた。

ウルスラはジェーンをリビングルームの長椅子に坐らせると言い張り、しかも彼女にアフガンストールまで巻きつけた。「ウルスラ、今は夏よ」シェリイが言った。

「でもより暖かくしておくのは、どんな病気にもいいの。わたしを信じて」

シェリイが椅子に坐り、ウルスラもそうした。三人とも坐って、互いを見合った。

ウルスラがまず沈黙を破った。「デンヴァー空港のことは知ってるでしょ? 新しい空港よ(一九九四年開港)」

「何を知ってなきゃいけないの?」ジェーンが訊いた。「大きいってこと以外に」

ウルスラは苦々しげに笑った。「あそこの壁画を見たことがある?」

「手荷物受取所の近くにある鮮やかな色の? ええ、二、三年前に見たことあるけど」ジェーンは言った。

「あれを見て不安にならなかった?」ウルスラが訊く。

ジェーンは肩をすくめた。「うちのリビングルームには欲しくないけど、不安にはならなかった」

「じっくり見るべきだったわね。あれは全て悪魔崇拝について描かれてるのよ」ウルスラが身を乗り出すと、体のどこからかクリップが落ちた。

シェリイが疑わしげに片眉を上げた。

「本当よ、これはアメリカに逃れてきて、ヴァージニア・カンパニイを設立した王太子《ドーファン》が始めた陰謀なの。つまりアメリカで稼いだお金全てが、結局はイギリスに行くってこと」

ジェーンが咳払いをした。「えっと……ドーファンってフランス人じゃなかった？」さらに言ってしまいそうだ。それに、ヴァージニア・カンパニイって、数世紀前に設立されたんじゃなかった？ でも、それよりこの話がどういう展開になるのかに興味がある。

「もちろん、生まれはね。でもイギリス人に救われたから、彼らに忠誠を尽くす義務があったの。それ以来、この義務感はウィンザー家からの承認と後援を受けて機能してきた。イギリス女王が実はコロラド州のほとんどを所有してるのよ。もちろん、偽名でね。それにデンヴァー空港が建っている土地も彼女のものなの」

シェリイは、笑いをこらえるために口に当てた掌越しにぼそぼそ言った。「なんて偽名なの？」

「誰も知らないわ」ウルスラは答えた。「彼女の偽名はたくさんあると思うわよ」

ジェーンも真面目な顔をしているのが辛くなってきた。「国税局はこのことを知ってるの？」

「当然よ。陰謀の一味だもの。CIAもね。それからフリーメーソン。十五世紀にフランスでテンプル騎士団が滅ぼされてから、ずっと関わってきたの。騎士団の何人かがアイルランドへ逃げのびて、フリーメーソンを創設したのよ。フランスの国王は彼らを殺してその資産を取り上げたかったのに、それも消えてたのよね」

「十四世紀のことだと思うわよ」ジェーンが言った。「一三〇九年かそのあたり？」

「十四世紀でも十五世紀でもいいわ。デンヴァー空港の笠石は、フリーメーソンのシンボルなの。わたしたちの紙幣にあるのと同じようなやつ。この関連性を、どうしてみんな見抜けないのかしら。わたしたちの〝建国の父〟と呼ばれる人たちは、全員フリーメーソンだったわ。オリジナルの空港設計図には、新世界を制するためのコントロール・センターと書かれてたのよ」

「確かに危ない感じの言葉だわ。あなたはその設計図を見たの？」ジェーンは言った。これはもう制御不能だ、面白がってる場合じゃない。

「じかにじゃないけど」ウルスラは言って、どうやってはずれたものか、髪から落ちていたバレッタを拾い上げる。「それを見た人を知ってる人を知ってるの。それから、この件をセシル・ローズ（一八五三―一九〇二。イギリスの政治家）と考え合わせれば――」

シェリイは喉が詰まったような音を立て、キッチンへ駆け込んだ。

「セシル・ローズ？」ジェーンはぼんやりした頭で繰り返した。

「そうなのよ、ローズ奨学金の本来の趣旨はそこにあったわけ。アメリカ人を教化してイギリス式に考えさせるためだったの」

「ちっとも知らなかった」ジェーンは言った。「ウルスラ、訪ねてくださって、本当にご親切さま。でもこれで失礼させてもらうわ。何通か手紙とお誕生日のカードを書いて、今晩中に発送しなきゃならないから」

「郵便局まで車で乗せてってあげる――そうだ、郵便局といえば、あいつらも一味なのよ。郵便局員にどれだけのフリーメーソンがいるか想像できる?」

キッチンから戻ってきたシェリイは、なおも軽い咳の発作が出たふりをしていた。「今のジェーンは、どこにも出かけたりしないほうがいいと思う。休んでなきゃ。彼女の郵便物はあたしが持ってくわ」

ウルスラはおとなしく従った。大きなバッグをたぐり寄せ、そのさい落としたのはライター二個とレシート一枚のみだった。「今夜はぐっすり眠って、また明日の講義で会いましょう」ドタバタと出ていき、勝手口のドアを閉めるのも忘れていった。

ジェーンとシェリイは椅子の背にもたれ、無言のまま、合わせたようにため息をついた。

数秒後にまた網戸が開いて、ウルスラが戻ってきた。ジェーンが見たことないほどくたびれたペーパーバック三冊を手にして。うち一冊は背に粘着テープを貼ってばらけないようにしてある。三冊とも染みで汚れ、ぼろぼろの表紙に皺が寄っていた。

「はい、お二人に。じっくり読んでみて。きっとのめり込むわよ」ウルスラは三冊をコーヒーテーブルにどんと置くと、肩越しにいつか返してもらうわと言い捨て、再び去った。

今度はシェリイがウルスラのあとをついていき、彼女のオンボロ車が見えなくなってから、ドアを閉め、鍵をかけた。

「彼女みたいな人がいるとは聞いてたけど」またジェーンの隣の椅子にもたれ、シェリイが言った。「そういう人たちの人物像を説明されても、本気にはしてなかった。でもこれで、このあたしたちのご近所によ、本物のイカれた人たちが徘徊してるってことがわかったわけだ」

「彼女、すごく怖い感じだったよね」ジェーンが真剣な顔で言った。「ほら、ボーイスカウトの一団をナチのスパイだと決めつけて、彼らのミルクに毒を入れて世界を救おうとしたっていう、あのおかしな人と同じなんじゃないの?」

「どうだろう。でも、確かに彼女にはぞっとした。全く怖い感じがしなかったとしても、やっぱり好きじゃないけど。彼女って、なんでも間違った思い込みをして、訂正されても無視するだけって連中の一人よね。といってもあたしは、人のことを訂正して回ってるわけじゃないよ、しないでいられる場合は」シェリイはにっと笑ってそう言い足した。

「変だなぁ。あんたがそんなだとは知らなかった」ジェーンが微笑み返した。

「必ずドアには全部鍵をかけて、フラフラ歩いてるとこなんか誰にも見られないように、家の奥でじっとしてなきゃだめ」シェリイが注意した。「彼女はあんたにしがみついちゃってるし、きっとまた来るから」

「助けはいらないってことを、はっきりわからせればいいんじゃないかな?」

「無理だって。ああいう人は屈辱を感じさせることも、追い払うこともできないの。たぶん彼女は、何百人とはいかなくても、何十人もの友達になれそうな人に、あの気の触れた見解を披露する経験を重ねてきてる。彼らは彼女から逃れるために夜逃げして、べネズエラで偽名を使って暮らしてるの」

「ああ、シェリイ」ジェーンは泣き言を言った。「あたしの生活が、目の前で崩壊していく。足は骨折して、息子は変テコな女の子とディナーに出かけ、おまけにイカれた追っかけまでいる」

シェリイは首を振るばかり。「そんなもんよ、人生って」

8

ジェーンが寝る支度をしていると、電話が鳴った。またしてもウルスラだった。「ジェーン、もう夕食は食べたの？」

一瞬いらっとなって歯を食いしばり、冷静なよそよそしい声を出した。「まだだけど」

「食べなくちゃだめよ。あなたには摂れる限りの栄養が必要なの」

ジェーンは深く息を吸って、外交官育ちで身についた躾《しつけ》を乗り越えようとした。「ウルスラ、善意で言ってくれてるのはわかるけど、あたしは知能を持った大人だし、自分の面倒ぐらいちゃんと見られるわ」

シェリイの予測した通り、ウルスラは腹を立てたりしなかった。「そんなことはわかってるわ。ただあなたが心配なのよ」

「ありがとう。でももうベッドに入ってて寝るとこだから、これで切るわね」

ウルスラが返事できないうちに、ジェーンは受話器を置いた。

失礼だとわかっていても、このひどくうるさい人間を追っ払う他の方法を、ジェーンは知らなかった。特に、他にも心配事がある今は。

医者からは、足には充分気を配るようにと言われている。骨折部分は外側の大きな骨の広い範囲にわたっているものの、正常な位置にあるそうだ。だが骨がずれた場合には、手術をして元の場所にピンで留めつけることになり、ずいぶん長く松葉杖にすがらなくてはならなくなると忠告された。

それでもって上の息子は、わざわざ変わり者に見えるような真似をする女の子とデートをしている。あの子は度を超えた分別の持ち主だと、ずっと思っていたのに。ただの思い違いだったのだろうか?

娘はといえば、二週間の滞在でフランスについて知るべきことは全て知ったかのように振る舞うありさま。それがどうにも気に障る。なにせジェーンは子供の頃に、通算すれば数年間をフランスで暮らしたのであり、外交官である親がそこに赴任していたのだ。本当の家を持たない放浪生活がいやだったから、我が子には普通の暮らしをさせ、成長するまでずっと同じ家にいさせるのがいいと確信していた。間違いだったのかもしれない。

そんなこんなで気に障ることがあるうえに、足が痛かった。松葉杖との格闘で腕も痛むし、全体重をかけなくてはならないせいで、いいほうの脚まで痛くなるし、おまけに背中にまで不安になる疼《うず》きを感じていた。十代の頃の彼女なら、こんな状況もうまく乗りきれただろうが、いかんせん四十代の体はまるで変化に対応できない。

と考えていたところで、ジェーンの意識は他の人が見せた対応に移った。それは彼女にとって思わぬ発見だった。ゆきずりの人たちが、なんでそんなことになったのかと訊くから、縁石で転んだだけだと正直に答えると、みんながっかりするようなのだ。ジェーンはやっとにやりと笑うことができた。そうよ、話にちょっとばかり味つけしてやればいい。彼女は胡散臭そうにこちらを見ている猫たちを蹴飛ばさないよう、それはそれは注意してベッドにもぐり込み、ギプスをしている他の理由を考えながら眠りに落ちた。

一時間後にはっとジェーンが目覚めたのは、玄関ドアが開閉する音を耳にした時で、それから聞き違えようのないマイクの足音が二階に近づいてきた。ベッドのそばのランプをパチンと点け、小さな声で彼に呼びかけた。

「目覚まし時計を、セットし忘れないようにね」寝室のドアの脇から顔だけを覗かせたマイクに、ジェーンは言った。「ずいぶん帰りが晩《おそ》いから」

「目覚ましならいつもセットしてるよ、ママ」マイクはにやりとした。

すっかり見透かされている。「はいはい。今夜は楽しく過ごした？」

「まああだね。キプシーは面白い子だよ。おやすみ、ママ」

面白い？　ジェーンはくよくよ考えた。それから半時間眠らずに。

「マイクがね、キプシーは面白いんだって」翌朝ジェーンは電話でシェリイに話した。

「面白いは、魅力的とはかけ離れてる」シェリイが答えた。「今朝は足のぐあいはどう？」

「おんなじようなもん。だけど、どこよりベッドの上が一番楽。でもナマケモノになるわけにはいかないもんね。講習会に行くのよね？」

「あんたが断固行くと決めてるんなら。あの人たちを松葉杖でなぎ倒すとか、ベゴニアの中に顔から倒れ込むとかしないで庭を歩き回れる？」

「そう願う。さあ準備にかからなきゃ」

ジェーンはシェリイが買ってきてくれた防水加工のテープを使い、ポリ袋に脚を包んでシャワーを浴びた。上から水は入ってこなかったが、シャワーを終えると、膝の裏に防水加工のテープが強力に貼りついていて、引っぺがすのが痛くてたまらなかった。しかも袋の底から水がしみ込んでいて、足指のあたりのギプスが濡れてしまっていた。このぶんだと、ポリ袋を箱買いしなくてはならないだろう。

足の骨を折ってからのジェーンは、手持ちで最も上等のカジュアルなスカート二枚を着回して、たいていは過ごしていた。だが今日は、スラックスかジーンズにしなくてはなるまい。ところがギプスのせいで脚が太くなりすぎてスラックスが穿けなかったので、腿のところにポケットのついたぶかぶかの半ズボンを、どうでも穿くしかなかった。それでもなんとか時間に遅れず支度はできた。ささっといい加減に髪にブラシを当て、てんででたらめに最低限のメイクをしただけだったけれど。

「その髪、どうしたの？」勝手口の外のポーチからの階段を、お尻を使って下りてきて、危なっかしくヴァンへ乗り込んできたジェーンに、シェリイは訊いた。

「別にどうもしないよ」ジェーンは答えた。「今日は誰の庭を見にいくんだっけ？　リストのメモを忘れちゃって」

「リンデン・ストリートにあるイーストマン博士の別宅。そのあとは、ウルスラのとこ」

その名を耳にして、ジェーンは身震いした。「昨夜晩くに、料理を食べたかって、彼女が電話をかけてきた。ちゃんと正直に、食べてないって答えたんだよね。しかもちゃんと勇気を出して毅然とした態度を取った。気遣いには感謝するけど、自分の面倒は自分で見られるって」

「それ、あんまり毅然とした態度を取ったとは言わないよ。『どうか、どうかお願いだから、放っておいて』のほうが効いたかも」

「正直なとこ、彼女が屈辱を感じる敷居の高さがどのくらいかは、知るのも怖い。だってそれを超えちゃったら、友達になりたがるどころか、おそろしい敵になるかもしれないじゃん」

「彼女との友人づきあいにはまってしまってもいいなんて、思ってないよね？」

「ないよ、もちろん。あんたなら我慢しないような不愉快な人たちにも耐えてきたあたしだけど、ばかなわけじゃないもんね」

二人の車がコミュニティセンターの前でとまると、見知らぬ男が、ヴァンのドアから出るのに四苦八苦しているジェーンを見て、手を貸そうと駆けつけた。

「どうしてこんなことになったんです？」男は訊いた。

「サーカスのヴァンから、象に突き落とされてしまって」ジェーンは答えた。「助けてくださって、ありがとう」

男はびっくりした顔をして言った。「わあ！」

「サーカスのヴァン？」スロープを歩いて上がる時、シェリイが呆れたように声を押し殺して言った。

「面白い答えをリストにしてあるの。たとえ本当の理由で満足してくれる人だったとしても、こっちの理由のほうが、はるかに気に入ってくれると思ってたんだ」

二人が教室に入ると、クラスの人たちは全員集まっていた。ウルスラ一人をのぞいて。今日も貴重なピンクのマリーゴールドを展示して、講義を始めたところだったイーストマン博士は、ジェーンが松葉杖を打ち鳴らしながら椅子の間を進み、席に坐るのを待った。あたしが侮辱したから、ウルスラはもう講習会に来ない気なのかもしれないと、彼女は思った。

だが希望的観測は、一分後に打ち砕かれた。ウルスラがドタバタと駆けつけ、リュックの紐を入口のドアに引っかけてしまい、まだ中に入れないうちから喋り始めた。「遅れてすみません。お庭訪問の直前に最後の手入れをしていたので」感嘆の声を期待し、微笑みを浮かべて教室を見回す。

「では始めましょう」イーストマン博士が言った。

今日の話は特許申請のプロセスについてであり、分類群やら遺伝子型やら組織培養やら寄せ接ぎやらといった用語が使われた。ジェーンは訳がわからなかったが、分類群の意味を尋ねるようなうすらばかにはなりたくなかった。そのうえ、ふくらはぎの外側部分がとんでもなく痒いのだ。ポケットから鉛筆を取り出し、ギプスの内側に挿し込んで、痒いところに届かせようとする。

突然、後ろの席に坐っていたウルスラが前に身を乗り出し、ジェーンの手から鉛筆を奪い取った。「鉛中毒になるわ」みんなが耳をそばだてるくらいの声でささやく。「ちょっと待ってて」

ウルスラはバッグの一つを掻き回し、いいぐあいに先の丸まっている、非常に長くて太い鉤《かぎ》針《ばり》を差し出した。「これを使って」

ジェーンは熱心に講義を聞いているふりに努めつつ、ギプスの内側を引っ掻き回し、痒みのもとを追いかけた。

やっと講師がまた簡単な言葉で話すようになった。「カッティングや接ぎ木や芽接ぎなど、数多くある無性繁殖の方法により、当該の植物の品質は保たれなくてはならない」

イーストマン博士は続けた。「実際の特許の取得に関心があるむきには、いろいろと貴重なアドバイスがある。一つ、植物特許法にきわめて詳しい人物から、早期に専門的なアドバイスを内密にもらうこと、なおかつその報酬を払う用意をしておくこと」

「あたしたちをその気にさせて、お金を引き出し、儲けようって腹ね」シェリイがささやいた。

「まず無理だって」ジェーンがささやいて答える。

「二つ、植物にとっては、国境は存在しないものだということを覚えておくこと。世界中の特許を調べ、外国の目録に慣れ親しんでおく必要がある。三つ、研究はできるだけ秘密にしておくこと。気候試験は信頼できる専門家と行うことだ。友人にも見本を渡してはいけない。そして四つ、あなたたちのプロジェクトを聞きつけ、相当な金額の先行投資をする代わりに独占権を求める者がいたら、逃げること。世間の関心を集めるような魅力を持つ植物の特許は、権利を保持していれば、莫大な利益をもたらしうるものなのだからね」

イーストマン博士は、愛おしげにちらりと机に眼を落とした。そこには彼のピンクのマリーゴールドが置いてあるのだ。「ところでこの花は、特許庁に登録され、今後二年の間栽培されてから、市場に出回ることになる。私は数百もの園芸農場や園芸植物の通信販売会社と、すでに契約を結んでいるんだよ」

「言い換えれば、大変な、大変なお金持ちになるってことなの？」ウルスラが甲高い声をあげた。「そのお金のいくらかを、意義深いことのために使うことを考えていただきたいわ。なんなら、いくつか提案します」

「ありがたいが、私自身が考える意義深いこともあるのでね」イーストマン博士は硬い口調で言った。「さっきの話を続けると、五つ目になるな。あとはよく計画を練り、大々的にその植物を市場に導入するのみ。企業によっては、変動する特許料に基づいて、きみたちの代理人を務めるところもあるだろう。最初の年が最も高い。出荷された分の特許料の四〇パーセントにもなるかな」

「代理人に四〇パーセントも?」ステファン・エッカートが叫んだ。「うわあ! ぼくは教育管理に関する教科書を書いているんですが、代理人が請求するのは、せいぜい一〇から一五パーセント程度と聞いています」

「私は著作権の代理人については、全く不案内でね」イーストマン博士はそれが自慢であるかのように言う。「話を続けると、次は六つ、自分の試験者《トライアラー》についてよく知っておくこと。試験者は植物の特性に関する知識があり、有能であることで知られ、迅速に結果を報告し、秘密に行う試験について口外しないという定評のある人物でなくてはならない」

講義内容を事細かくノートに取っているのは、ステファンと年のいったアーノルド・ウェアリングだけだが、アイロン当てたてのチャールズ・ジョーンズとそのお隣のミス・マーサ・ウインステッドも、集中して聞いており、大変な関心を持っている様子だ。

「ここで五分ほど休憩を入れます。休憩から戻ったら、ミセス・ノワックの言いなりになり、運転する者と乗っていく者とに振り分けてもらいましょう」侮辱ともとれたが、博士は心からの微笑みをシェリイに向けて言ったのである。「そして、私の庭とミセス・アップルドーンの庭の見学に出発します」

「ミズ・アップルドーンです、差支えなければ」ウルスラが言った。

9

ジェーンとミス・マーサ・ウィンステッドを乗せて、シェリイは車を走らせた。「道はご存じ?」ミス・ウィンステッドが訊いた。

「だいたいは」シェリイが答えた。

「あの家なら教えてあげられるわ」

「あら……講習会の前から、イーストマン博士をご存じでしたの?」ジェーンが訊いた。

ミス・ウィンステッドは助手席で少し体をひねって、自分の後ろにいるジェーンに言った。

「いやというくらいにね」

この返事について質問する時間はなく、三人はコロニアル様式の小さな白い家に到着していた。前庭には、刈り込まれた生け垣と青々とした芝生がひろがっていたが、花は一つも見えなかった。

「不思議だと思いませんか?」ジェーンが言った。「ここ数年で、花を咲かせた前庭をたくさん見かけるようになったわ。この分野の専門家なら、それこそたくさん花壇を作っていそうなのに」

「影響されやすいものなのよ」ミス・ウィンステッドが言った。「一九五〇年代と六〇年代には、前庭に花壇を見ることはなかったわ。レンギョウやミズキのように花をつける低木くらいが、なんとか許される程度で。どういうわけか、家の持ち主のたいていが、庭は人に見せるものではないと考えてたのね。ところが、私が車路《くるまみち》に沿って花壇を作ると、翌年には両隣の家の窓辺に花のコンテナボックスが置かれ、樹木の周りにインパチェンスやギボウシが植えられるようになったわ。その翌年には近所の二軒が、底を高くし、煉瓦で囲ったベゴニアとドラセナのすてきな花壇を作ったのよ。今じゃ、同じ区画のほとんどの家で、なんらかの花をいわば公開してる。とはいえ、一軒もそんな風潮に乗らない区画もまだまだあるわ。ミセス・ジェフリイ、車から降りるのを手伝いましょうか？」

シェリイがハンドルを握っているのだから、自分たちが一番乗りだろうとジェーンは思っていた。しかしイーストマン博士がすでに帰宅していた。きっとシェリイ以上にスピードを出す人なのだ。考えるだにおそろしい。

「いいえ、ありがたいですけど」ジェーンは言った。「こつもわかってきたので」本当は車から転げ落ちて、ミス・ウィンステッドを押しつぶすのを怖れたのだが、よく考えてみれば、彼女なら充分耐えられそうだ。

イーストマン博士が家の横手にある門のところに立ち、受講者を歓迎したが、ミス・ウィンステッドに気づいた様子は見せない。それどころか、あからさまにジェーンとシェリイだけに話しかけてきた。

「直接裏庭へ回って見てみるといい。ここは、もちろん私にとって臨時の住まいすぎず、北部にある本宅とその庭には較べ物にならないがね」

こう警告されたので、ジェーンも落胆する覚悟でいた。家の横手の庭をギクシャク歩きで進んだ。そこには木の柵があり、アイビーとベゴニアの鉢がいくつかかかっていた。涼しく、薄暗く、落ち着く場所だった。舗装ではなく板敷の小道に沿って、ところどころにシダが植えられていた。

これといって目を引くものはないが、ベゴニアは今を盛りと咲いているし、アイビーとシダは実に手入れが行き届いていた。葉は一枚として、黄ばんだ部分どころか、黄ばみそうな兆しすらない。シェリイとミス・ウィンステッドの後ろから裏庭に入ったジェーンは、驚いた。その場所の後ろ側は小高くなっていて、大きなマツの木が並び、その向こうの隣家をほぼすっぽりと覆い隠していた。マツの木の手前には色とりどりに寄せ植えをした小島がいくつかあり、優美な感じのスモモの低い木があちこちに植わっていた。それから、アジア風の置物がたくさんあった。

だが、その庭は忍耐の練習所だった。ジェーンは足元をよく確かめつつ、片足を引き引き敷石のパティオへと歩いた。年代物の陶器の狛犬《こまいぬ》一対が、その入口を守っていた。シェリイとミス・ウィンステッドは、ジェーンをほったらかして、マツの木の下にある何かを見ている。どうやら小型版の茶室らしい。

芝生は涼しく青々としてみっしり生え揃い、しかも刈られて高さが揃っているため、まるで上等の絨毯のようだった。小道は、色づけしたセメントと思われる暗い色の下地に、小さな丸い石を埋め込んで作られていた。

日本人の女性が家の裏口から出てきた。「こんにちは」ジェーンは声をかけた。「イーストマン博士が、受講者をお庭の見学に招いてくださったんです。ミセス・イーストマンでいらっしゃいますか？」

その婦人は顔をくしゃくしゃにして笑った。それから自分を指して答えた。「家政婦。こっち、わたしの孫、ジョーです」

明るい眼をしているが、生真面目そうでもあり、黒い髪をここの芝生のように整えた少年が、二人のそばに来ていた。「おばあちゃんは、ちゃんと英語を習ったことがないんです、すみません。その脚はどうしたんですか、ミス？」

ジェーンは、やさしく礼儀正しく真面目なこの少年には、嘘をでっちあげることができなかった。少年は十二歳くらい――実に落ち着いた十二歳である。「縁石のところで転んだの。つまらないことだけど、本当なのよ」

「歩いて回りたいですか、それとも椅子に坐りたいですか？」少年が訊いた。この時、祖母は少年の後ろに立ち、彼の肩に手を置いて、うなずきともお辞儀ともとれる頭の下げ方をした。

「少し歩いてみます、どうもありがとう」ジェーンもやはり礼儀正しい口調で言った。

彼女は松葉杖をかまえ、シェリイについて回るために歩き出した。背後に気配を感じて、ジェーンは少しそちらへ体を向けた。少年がかがんだまま後ろからついてきて、ジェーンが芝生につけた杖の丸い跡にブラシをかけていた。

「ごめんなさい」ジェーンは言った。「でも、丸い石の上を歩くのは不安で」

「かまわないですよ、ミス」少年が言った。「だけど、木陰で坐っているほうが楽だと思います」

ジェーンは考え直して、少年の勧めを受け入れた。彼の祖母が急いで家に入り、とてもかわいい刺繍の施されたクッションを持ってきて、ジェーンがチーク材のベンチに腰をおろす時に、背中にそれをあてがってくれた。「本当にありがとうございます」と礼を言ったジェーンも、つい感じよくちょこっと頭を下げずにはいられなかった。

講習会の他の人たちもすぐに追いついて、みんな従順に敷石の小道を歩きながら、小さな彫刻や、巧みに色を組み合わせた小山のような花叢《はなむら》を観察していた。ラベンダー色に淡い青色に淡い黄色、それからそれらにぴったりの葉が加わった小山。ジェーンが見ている場所からは、それらがなんの花だかはわからなかった。

「とてもきれいなお庭ね、ジョー。あなたも手入れを手伝うの?」

「はい、ミス」

「みごとな仕事ぶりね」

「ありがとうございます、ミス」

礼儀正しい子供との礼儀正しい会話は、ジェーンには骨だった。あたりを眺めつつ、「まあ、本当にかわいい小道」とか「あそこの花の茂み、きれいよねえ？」なんてことをぼそぼそ言うのだ。

その庭は、ジェーンの好みから言えば完成されすぎていた。緻密さを別にすれば、悪いところは一つもない。全てはきちんとした円形か、楕円形か、あるいはみごとなまでの精度でやわらかい曲線を描いている。どこにも雑草の一本、場違いな葉一枚ないようだ。それに、どんな物も一インチと置き場所がずれていない。心が静まるような当たり障りのなさだ。胸が躍ることも、気に障ることもない。これはイーストマン博士の趣味の表れなのか、あるいはあの家政婦と孫息子のものなのかと、ジェーンは考えた。

シェリイとミス・ウィンステッドが、ジェーンの坐っている場所へぶらぶら歩いてくると、家政婦は二人にもクッションを差し出した。彼女のさっと頭を下げる仕草には気圧されるのだが、二脚の椅子とベンチの席が人で塞がると、家政婦はその場を離れ、家の中へと消えた。そしてすぐにまた姿を見せた。他の客のために、壊れやすそうな折り畳み椅子を腕に抱えて。

ジョーを後ろに従えて、イーストマン博士とステファン・エッカートは、葉のよく茂った高いマツの木に近づいた。イーストマン博士が枝を引きおろし、エッカートに何やらその説明をしているようだ。ウルスラは一人でいて、花叢の前に来るたびにかがんで匂いをかいだ。いずれの植物や置物に対しても、じかにさわれるような度胸のある者、あるいは遠慮のない者は彼女だけだった。アーノルド・ウェアリングも一人でいた。高齢の彼が歩き回る姿を見て、その胸板の厚さに、ジェーンは初めて気づいた。彼は頭の中に配置を書き留めるかのように、庭をエリアごとにじっくり観察していた。

ウェアリングが近づいてきた時、ウルスラは彼の胸ぐらを摑まんばかりにして、何やらえらそうに主張した。彼は何度もうなずいたあと、そっと彼女から離れたが、彼女は追いかけてなおも喋り続けた。とうとう彼は破れかぶれになったのか無言のまま彼女に背を向け、そのまま歩き去った。

ジェニーヴァ・ジャクソンは、今朝の講習にはいなかったが、この集まりには参加していて、筋肉質のチャールズ・ジョーンズと、ヒンズー教のものらしい石の坐像について喋っていた。

「ジュリー・ジャクソンはきっと良くなってるのね」シェリイが言った。「でなきゃ、ジェニーヴァはここに来なかったと思うもの。ちょっと彼女と話してくる」

置いてけぼりで、ミス・ウィンステッドと二人きりになったジェーンは訊いた。「イーストマン博士のことはどのくらい前から知ってるんですか？」

「彼が私のいとこと結婚する一年前から」

「あら、じゃあご親戚なんですね」

「ほとんど関係ないわ、嬉しいことに」

謎めいた含みのある言葉に、ジェーンは興味を掻き立てられた。「ミス・ウィンステッド、シェリイとあたしはこの見学会のあとで遅めのランチに行こうと言ってたんです。ご一緒にいかがですか?」

「すてきだわ。あなたがたお若い二人は、昔からのご友人のようね」

「二十年間、お隣同士として暮らしてきました」

「それは意外だわ。誰かが話してたけど、あなたは外交官のご家族の中で育ったのよね。各地を転々とすることに慣れているのだと思ったわ」

二人でジェーンの子供の頃のことを話しているうちに、ミス・ウィンステッドが、幼い頃に彼女の家族も何カ所かジェーンがいたのと同じ街へ旅行したことがあると、話題を提供した。その話題を話しつくす頃、他の受講者が庭の見学を終えて、最初に通ってきた横手の庭へ向かっていた。

ウルスラが近づいてくるのを見て、ジェーンは手助けに来るのか、それとも昨夜の夕食はおいしかったか訊きに来るのかと怖くなった。飛び上がるようにして立つと、もう行ったほうがいいとミス・ウィンステッドに声をかけた。

「その通りだわ」ミス・ウィンステッドは、心得たとばかりに眼を輝かせて言った。

10

次はウルスラの庭だった。ジェーンは見るのが憂鬱だった。

ウルスラの家の前で車がとまると、ジェーンはまたしても驚いた。前庭の芝生は、ほとんど地面の見えている箇所があってみすぼらしいが、ジェーンの家の前庭だって、同じくらいひどいのだ。息子のマイクが主張するところによると、原因はジェーンが水をやりすぎて、カビが生えたせいらしい。マイクはその手当てに使うものを、園芸農場から持ってくるつもりでいる。ウルスラにもその情報を教えてはどうか。いや、黙っていたほうがいいかもしれない。芝生の薬品処理だなんて、ウルスラならそこにも危険な陰謀を見て取るだろうから。

家そのものもそんなに悪くなかった。平屋で、やや特異なひろがり方をしていた。西の端にある温室は、見つけた材料を使った手作りなのは明らかで、気持ちの萎える代物だった。それでも家自体は淡いグリーンに、窓とドア枠は濃紺に、玄関ドアは濃い赤紫に塗られていた。最近とても人気のある色の組み合わせだ。窓ガラスは汚れて埃の筋ができているし、玄関ドアは網戸に小さな穴が開いていて、ドア自体には犬の掻きついた跡が見て取れた。しかし、だいたいのところ、ジェーンが予測していたようなつぶれかけのあばら屋ではなかった。

彼らはウルスラよりも先に着いて、他の相乗りグループが来るのをミニヴァンの中で待っていた。「ミス・ウィンステッドもランチにお誘いしたよ」ジェーンはシェリイに言った。

「知ってる、あたしも誘ったから」シェリイが答えた。「どこへ行くのがいいかな？」

レストランを決めた頃には、他のグループの人たちも到着して、車から降り始めた。ウルスラはすっかり興奮していて、バッグから落ちているものをわざわざ拾いもしない。家の横手を回り込む時、シェリイが電卓を拾ってウルスラに渡した。ミス・ウィンステッドはコミュニティ会議だかの招待状を救って、これも渡した。

裏庭へ入る大きな木のドアは、蝶番のところで少し歪んでいて、ウルスラは開けるのに手を焼いた。「いつもはこっちから来ないものだから。ごめんなさい」ようやくドアが軋みながら向こうへ開くと、ウルスラが華々しい入場の仕草をしてみせ、その拍子にバタフライ・ヘアピンがはずれてしまった。拾ったのはアーノルド・ウェアリングで、育ちすぎたシモツケの下をブックサ言いながら探し当てたのだった。

一行が裏庭に入ると、家の中から耳障りな吠え声がした。ウルスラが裏口を開けて叫んだ。

「静かになさい！」吠え声がやんだ。

庭は、ほぼジェーンの想像した通りだった。無秩序で荒れ放題。どうしても墓石に見える平たい石がいくつか置かれて、ガタガタの小道を作っていた。どこかの系図学者たちは、自分たちの高祖母であるミルドレッドの最後の記念碑がいったいどこに消えたのかと、不思議に思っているだろう。

庭は全く芝生がなく、花と木と灌木《かんぼく》がゴタゴタに植えられているだけだった。ほとんどが乾いていた。地面に穴があいているのは、どうやら無用な植物を引き抜いた跡らしい。それに強烈な腐臭がしている。

「臭うのは堆肥《コンポスト》の層よ」ウルスラは自慢げに言った。「あなたのお庭では一つも見かけなかったのに驚きました、イーストマン博士。コンポストはガーデニングの根本《こんぽん》なのに」

「臭いがしなかっただけのことだ」彼は言った。「マツの木の裏に隠れているからね。それにコンポストは、ペットの汚物でも入れない限り、こんな臭いがするようであってはいけない」

ジェーンは、庭巡りをしてもう一方の足まで骨折する事態は避けたかったので、あたりを見回して坐る場所を探した。家の近くに鉄のベンチが二つあったが、鳥の糞で白く汚れていた。軒《のき》に十四、五ほどは鳥の餌入れが吊ってあるに違いない。そのほとんどは空っぽか、カビの生えた種が底に一、二インチほど残っているかだった。ハチドリ用の餌入れだけが新しいものに見えたが、客はいなかった。ジェーンは松葉杖を脇に挟んで体を支え、あたりを見回した。あちこちで地中から土まみれの電源コードが出ていて、それらが一つのエリアに続いていた。おそらくウルスラが夜間に点ける照明か何かなのだろう。

庭には、じっくり見ればすてきなものも二、三はあった。四フィートほどの高さの風変わりな鉄の彫刻は、錆びついたできそこないの飛行機のプロペラを寄せ集めたもののようで、ジェーンの目を引いた。奇抜な作品だ。

ほぼ等身大の優美な女性像は、赤銅色からじわじわとグリーンに変わっているところだ。アサガオがその体を伝い、天を仰いでいる顔を花が囲んでいる。これは偶然そうなったのだろうか、それともそうなるように導いた結果なのだろうかと、ジェーンは考えた。

眼に沁みるほど濃いブルーのヤグルマギクの花叢《はなむら》がしっかりと誇らしげに立っている中に、かわいいシダのような葉と、まぶしい黄色の花を咲かせた背の高いコスモスがちらほら姿を見せている。壊れて傾いている手押し車には、ピンクのゼラニウムがこぼれそうなほどに咲いていた。

何はともあれ、荒れた箇所が多く混沌としていながらも、本物の美しさが点在している庭だった。

背後で小さな咳払いが聞こえたので、ジェーンが振り向くと、チャールズ・ジョーンズがこちらを見ていた。「見て回らないんですか?」と彼女は訊いた。

彼は首を振った。「ガラクタの山を見るためなんかに、ダニをくっつけてうちへ帰りたくないですからね」

「でも、時にはガラクタもいいものよ——ちょっとだけなら。ほら、ピンクのペチュニアの中にある、卵鏃《らんぞく》飾り（卵形とやじり形が交互に並ぶデザインを刳って作る装飾）を施したあの大きなオブジェ。あれはいい組み合わせだわ」ジェーンはがんばった。

「いいんじゃないかな。あなたがああいうガラクタを好きなんだったら」チャールズはジェーンの意見をはねつけた。

もちろん、彼はこんな庭は嫌いよねと、ジェーンは思った。とてもきれい好きできちんとしてるし、それにいやになるくらい清潔だ。たぶん、セックスも秩序のない混沌としたものと考える独身男なのだろう。

「それって」とジェーンは口を開いた。「この庭が嫌いってことなの、それともウルスラが、あるいは両方ってこと？」

「両方」彼はためらわずに答えた。「もしぼくがこんな……乱雑なものの隣に住んでたら、町役場に文句を言って頑丈な柵を作るか、とっとと引っ越すかだ。庭は美しく、緻密なものであるべきなんです。イーストマン博士のところのように。まあ、彼が実際にあの庭の手入れをやってるとは、ぼくは思いませんけどね」

「カオス理論にはまってるってことはない？」ジェーンは冗談めかして言ってみた。

チャールズは戸惑い、ただジェーンを見つめた。

シェリイがスラックスについたイガを摘みながら、見学から戻ってきた。「面白いとこね」振り向いて、今来た庭のほうに眼を凝らした。「ここから噴水の水の落ちてるとこが見えるかな？」

チャールズとジェーンに声をかける。「ううん、見えないみたい。あの噴水……面白いのよ。おそろしく派手な色の大理石の壁があって、その裏から小さな照明があちこちに取りつけてあるの。水が流れるときらきら光るわけ。ウルスラは、全部自分一人でやったって言ってるわ」

「当然でしょう」チャールズが言った。彼がこれだけ無表情でなければ、きっとせせら笑いをしているのだと、ジェーンは断言しただろう。

他の人たちもばらばらにパティオに戻ってきた。ジェニーヴァ・ジャクソンはかすかに微笑みを浮かべ、信じられないと言いたげに首を振っている。ステファン・エッカートはしつこくからみつく棘のある蔓植物を、自分のゴルフシャツから引きはがそうとしている。アーノルド・ウェアリングはとにかく啞然とした様子だし、ミス・マーサ・ウィンステッドはにこりと微笑み、ノートに何やら書きつけていた。ウルスラの庭に興味を引かれるものを見つけたのは、ジェーンをのぞけば、おそらく彼女だけだろう。

みんながウルスラに見学のお礼を――心からの言葉ではなかったとしても――言い始めると、ウルスラは声を張り上げた。「あら、でもあなたたちはまだ見てないし……聞いてもないのよ……まだ全部は。音楽を聴けば植物が活気づくことは、証明されてる真実なんだから。ここで待ってて」

ウルスラは家の中へ駆け込み、その直後にけたたましい騒音がした。音楽とは言えなかった。「同時に鳴ると、あまりいい音にならないのはわかってるのよ」家から出てきながら、ウルスラが言った。聞いてもらうにはどなるしかなかった。「でも植物の種類が違えば、違う種類の音楽が必要なの。多年生植物は、たいていがオペラ好きよ。なぜかはわからないけど、長い間実験してみた結果、それがお気に入りなんだと気づいたの。ヤグルマギクとホスタは行進曲が好き。この二つが同じ趣味だなんて、考えもしないでしょ？　まるきり似てないのに」

全員、ただ呆気にとられていた。アーノルド・ウェアリングだけは、右耳の後ろに丸めるように手を当てて、彼女の言うことを礼儀正しく真剣に聞き取ろうとしていた。

「それから、オダマキはロックが大好き」と、ウルスラが言っているように聞こえた。

「明日の朝、教室に集まりましょう」イーストマン博士は一行に向かって叫んだ。「そして、交配について説明します。そして訪問するのは……どこだったかな、ミセス・ノワック？」

「ミス・ウィンステッドとミスター・ジョーンズのお庭です」シェリイはスケジュール帳を見て叫んだ。

騒音を逃れて、一行が前庭へ向かっていた時、ウルスラがジェーンに追いついた。「どこへ行くの？」と声をかけてきた。

ジェーンはみんなを引き留めてしまうより、先に行ってもらうのが道徳的に正しいと感じ、言い訳の用事をこしらえた。「もう一つ集まりがあるの」

「あなたたち三人とも？」

「図書館に関連したものなの」ジェーンのすぐ前にいたミス・ウィンステッドが、肩越しに言った。「すでに時間に遅れてるのよ、ジェーン、早く車に乗って出発しないと。ミズ・アップルドーン、お宅の庭はとても楽しかったわ。あなたがとても大事に思っているのがよくわかります」

三人は、ウルスラが勝手についてくる隙を与えずに急発進し、微笑む彼女を残して走り去った。

選んでおいた中華料理店に着いた時、一人の女性客がジェーンのためにドアを開けて待っていてくれた。「いったいどうしたんです?」と訊かれる間、ジェーンは見知らぬその人の踵を、左の松葉杖でどうにか打ちつけたりせずにやり過ごした。

「ただのハンググライダーの事故です」ジェーンは言った。「着地に失敗してしまって」

「それはすごいことだわ。片足で着地したわけね」

「いいえ、実は落下する途中で木に引っかかったものの、木の股にこの足を取られてしまい、誰かが助けおろしてくれるまで、ずうっと逆さで宙吊りのままでした」

「夫にこの話をするのが待ちきれないわ」と女性客は言った。「夫は、ハンググライダーを楽しそうだと思ってるの」

「象の次は、ハンググライダーってわけか」テーブルに着くと、シェリイが言った。

「でも、あの人は面白がってたよ」ジェーンは言った。「あたしは人をがっかりさせるのが嫌いなの」

ミス・ウィンステッドがにっこりと微笑んだ。「あなたの想像力には敬服するわ。本当はど

「ジュリー・ジャクソンの家のそばの縁石の上で転んだんです」ジェーンは正直に答えた。「どうしてそんなことに？」

「そこで何をしていたの？　あなたたちは彼女の友人？」

「ほとんど知らない間柄です」シェリイが説明した。「彼女宛の花が、間違ってジェーンに届いたの。ジェーンは彼女のとこと同じ番地で、通りの名が違うだけなんです。だから二人で本来の受取人に届けにいくところでした」

三人は飲み物を注文し、本日のビュッフェのところに並んでいる料理名に眼を走らせた。シェリイが、ミス・ウィンステッドにジュリー・ジャクソンとは知り合いなのかと訊いた。

「よくは知らない人よ」ミス・ウィンステッドは答えた。「数年前に、たまに調べもので図書館に来ることはあったけど、たぶんほとんどの場合は、大学の図書館を利用してたと思うのよ。私は何年も彼女を気に留めることはなかったの。今だと、インターネットでの検索の仕方を知っている人なら、調べものは指先でできるし。特に科学文献や政府刊行物なんかはね」

「彼女の仕事、正確にはどういうものなんですか？」シェリイが訊いた。

「微生物学者、講習会のパンフレットにそう書いてありました」ジェーンが言った。「どういうものか、二人は知ってる？」

シェリイもミス・ウィンステッドも、その仕事を説明することはできなかった。

「ジェニーヴァはミズ・ジャクソンの病状を、どう言ってたの？」ジェーンはシェリイに訊いた。

「報告するほどのことはないわ。安定してる、でも顕著な回復は見られない」

「よくない状況に聞こえるけどな」ジェーンは言った。「回復するなら、もう進展が見えてると思う」

シェリイは首を振った。「受けた衝撃を考えればそれが普通だって、彼女のお姉さんは言ってた。とにかく脳はしばらく休む必要があると考えてるみたい。あらゆる検査をやったんだってよ――X線写真やら超音波やらなんやら。それで、血栓も腫れもないようだって。いい徴候だと、ジェニーヴァは言ってた」

「ミス・ウィンステッド……？」ジェーンはためらいがちに口を開いた。「さっき、イーストマン博士とは親類だけど、それを嬉しく思ってないような言い方をなさってました。理由をお訊きするのは、穿鑿《せんさく》が過ぎるでしょうか？」

「いいえ、全く。秘密にしておく気なら、何も言わなかったもの。彼とはお互いが若い頃から大学時代まで知り合いだった。一時期は交際してたけど、俗に言う天の定めた縁ではなかったわ。当時でさえ、彼にとって私は利口すぎたし、自立心も旺盛すぎた。ところが二人で出席した最後の機会が、私の祖母の家で開かれた、一族の盛大な夕食会だったの。私のいとこのエドウィナもいた。私たちはお互いによく見間違えられたものよ。それくらい似てたの。エドウィナは本当にいい子で。単純というより一途だった。人生に求めるのは妻になり、母親になることだけ。私や今の若い人たちとは全然違ったの。とても古風だった」

「彼女を好きだったんですね」ジェーンが言った。

「好きだったわ。エドウィナの考え方は理解も賛同もできなかったけど、自分の人生の目的を確信しているという感覚は、すばらしいと思ってた。あの頃の私は、自分がなりたいのはアメリア・エアハートなのか、エレノア・ルーズヴェルトなのか、それともジャンヌ・ダルクなのかと、まだ考えていたの。エドウィナは、スチュワート・イーストマンにとってぴったりの相手だった。私たちはどちらもきれいな女の子だったけど、彼が望んでいたのは従順で家庭的な妻であって、頭のいい妻ではなかったから。彼らは出会ってから一年後に結婚したわ」

ミス・ウィンステッドはそこでいったん話を止め、息を吸った。「料理を取りにいきましょう。もし興味があるなら、続きは食事をしながら話してあげる」さっさとボックス席を出て、料理を見にいった。シェリイがジェーンに松葉杖を渡しながら、声を抑えて言った。「報われない恋のお話にはなりそうにないね。さあ、一緒に行ってどれを食べたいか言ってよ、お皿に入れてあげるから」

「なんで？　お皿に入れるって」

「まだわかってないの？　あんたの両手は松葉杖で塞がってるでしょ？　それとも、お皿を頭にのっけて歩き回るつもりだったの？」

11

女三人はひと皿目の前菜を手にし、テーブルに戻った。ジェーンはクラブ・ラングーン（蟹とクリームチーズをワンタンの皮に包み揚げたもの）をたんまり、シェリイは卵を皮に練り込んだ春巻きをいくつか、ミス・ウィンステッドは普通の春巻きを一つだけ皿に載せていた。ミス・ウィンステッドはその春巻きにひどく辛いカラシをたっぷりかけて食べ、眼を潤ませることすらなかった。初めてジェーンがこの店のカラシを食べてみた時は、ひいひい泣いたし、喉を詰まらせ、危うく卒倒するところだったし、その後三日間は何を食べても味がしなかったのに。

最初に食べ終えたので、ミス・ウィンステッドは話を再開した。「エドウィナは数年の間、スチュワートにとって完璧な妻だったの。彼のほうは完璧な夫ではなかったにしても。エドウィナはどうしても子供が欲しかったのね。でも彼は言ったの。上級学位の取得をめざしている間は、教師の薄給で家族を養う余裕はないと。四、五年後、彼は博士号を取り、その分野のほぼトップの位置にいたわ。

「学者の世界でそうなるには、いろいろと政治工作をしたってことよ。自分より優秀な人にへつらい、金を惜しまず接待し、知性を輝かせる。するとエドウィナはなんの役にも立たなくなった。彼女は教職員の妻たちとはものの見方が違ったの。彼女の関心はパンを焼き、掃除をすることであって、立身出世することや陰口を言うことではなかった。やさしいけど、正直なところどちらかというと鈍い子だったの」

「かわいそうに」ジェーンは言った。「どう折り合いをつけたのかしら？」

「その必要は、なかったわ」ミス・ウィンステッドの声がとぎれがちになっている。「自分が資産ではなく負債だと彼に思われてるなんて、あの子は気づかないままだったと思う。ところが、卵巣がんに罹《かか》ってしまった。当時は死刑宣告よね。スチュワートが離婚届を送ってきた時、彼女は手術の直後でまだ麻酔から覚めきっていなかったわ」

ジェーンは怒りのあまり料理を噴き出しそうになった。「まさか！」

何人かいた他の客が、三人に振り向いた。

「そのまさかよ」ミス・ウィンステッドは静かに言った。「エドウィナはそれから一週間しかもたなかったわ。生きる意欲を完全になくしたのね」

「あなたは、あの男のそばにいてよく耐えられますね」シェリイが訊いた。

「復讐なのよ、これでも。どこか近くで彼が講演する機会があれば、私は必ず行くわ。メモを取って、間違いを探して、次に彼が講演をする時に訂正してやるの。エドウィナのために、かわいそうなあの子のために仇を討つの。私が現れるたびに、彼はあの子を思い出し、自分の冷酷な仕打ちを思い出すのよ。姿を見せるだけでいいの。私のこと、本物の鬼婆だと思うわよね」

「いいえ、全然。あたしの愛する誰かにそんなことが起こったら、そいつが惨めな残りの人生を終えるまで、思い出させてやる知力と能力があたしにもあればと、きっと思うわ」シェリイが熱くなって言った。

ミス・ウィンステッドは晴れやかな顔になった。「次の料理を取りにいきましょう」

再び席に戻ると、シェリイが訊いた。「講習会の他の人たちのこともご存じなんですか？」

「何人かは。図書館員は、利用者のある一面しか知らないことが多いのよ。彼らの個人的な興味とか、仕事上必要なものが示している一面ね。ウルスラ・アップルドーンはよく来てる。きっとあまりいいコンピュータを家に持っていないか、プロバイダーにお金を払いたくないかね。図書館へ来て備えつけのコンピュータを使い、資料をたくさん印刷するの。結局は、そのほうが高くつくのに」

「陰謀の資料？」ジェーンが訊いた。「デンヴァー空港の話を、彼女はあなたにもしたんですか？」

「際限なくね」ミス・ウィンステッドが言った。「彼女の十八番《おはこ》なのよ。実際に彼女が借り出す本は、たいていハーブ治療やガーデニングや犬に関するもので、フィクションならロマンスものを読んでるわ」

「ロマンス小説？　なんとなく柄にもないって感じですけど」

ミス・ウィンステッドは肩をすくめた。「ちょっと知り合って、ああこんな人だと思った通りに一面的な人って、実際にはあまりいないんじゃないかしら」

「彼女は何をして暮らしを立ててるんだろ？」シェリイが訊いた。「仕事はしてるんでしょうか？」

「全く知らないわ」ミス・ウィンステッドは答えた。

「今もお年寄りのお守りをしてるとか」ジェーンが推測を提供した。「それに、世話をしてた老婦人の一人が遺産を残してくれたとか言ってた。ものすごい遺産だったのかも」

「アーノルド・ウェアリングについては？」シェリイは人名リストの次の行に移った。

「彼のことは、あまりよく知らないわね。彼の妻は小柄で、頼りなげという他ない人でね、週に一度は来館してたわ。図書館に入ってくるミステリ小説を、それこそ片っ端から読んでた。特に好きだったのは、少しでも消防士に関係のあるもの」

「どうしてかしら？」

「定年で退職したけど、アーノルドは消防士だったのよ。子供はいないと言ってたし、本当にお互いのために生きている感じだったわね。彼は、毎週妻を車で連れてきては、彼女が返す本を持参し、それからドアのところに立って待っていて、妻が新しく借りた本をまた持って帰る。自分で本も持てない繊細な花にするようにね。とてもすてきだったわ。あんなに無愛想で図体の大きい男が、そんなにも妻をいたわってるなんて」

「彼女はいつお亡くなりに？　講習会で、彼は奥さんのことを過去形で話してたんです」ジェーンは言った。

ミス・ウィンステッドはちょっと考えた。「五年前かしら。四年前だったかも。彼は打ちのめされたでしょうね」

「それから、ステファン・エッカートですけど？」ジェーンは訊いた。

「彼のことはほとんど知らないわ。長年一緒に仕事はしてるのだけど。彼は、短期大学のコミュニティ活動部門を運営している人の助手なの。大学に関心を持ってもらい、後援してもらえるように、一般の人を引き込むアイデアを常にいくつも持ってるわ。有名人をつかまえると、しばしば私に相談してくるの。有名人のイベントの前に、その著書を図書館が確保しておけるようにね」

ジェーンは言った。「コミュニティ活動部のトップだと、あたしたちには言ってたわ」

「願望の表れじゃないかしらね」ミス・ウィンステッドが言った。

「どことなく、褒めつつこきおろしてるように聞こえます」シェリイが言った。

「自分で思っていたより見え見えだったのね」ミス・ウィンステッドは残念そうに微笑んだ。

「ステファンには魅力があるわ。でも基金や補助金を引き出すこととなると、いくらか攻撃的になるところがあって。とはいえ彼は、他のもっとお金のある大学でも講演してもらえないような講師を、ただ同然の講演料で連れてくるのよ。こう言ってはなんだけど、自分の目的に適うなら、少しくらい罪のない嘘をつくことも、ステファンは辞さない人だと思う。ミズ・ジャクソンも彼がつかまえた講演者よ。彼女には、私も何度となく図書館で話をしてもらえるように頼んだけど、そのたびに講演は気が張るからと断られたわ。それなのに、どうしたものかステファンはそんな彼女を説き伏せたの。彼女、怪我をして気の毒だわ。どういう仕事をしているのか、聞くのを楽しみにしていたのに」

「ジュリー・ジャクソンの暮らしぶりについては、何かご存じ？」ジェーンが訊いた。

「新聞の告知欄に、上流社交界の基金集めのパーティのことが掲載されているのを見るとね、結婚相手によさそうなどこかの裕福な男性の腕にすがっている彼女が、いつもそこに出ているの。そのたびごとに違う相手と。付き添いの男性がいるのが、ああいう社会では常識的な振る舞いだからなんでしょうね」

「彼女が襲われた事件の捜査については、何か知ってますか？」シェリイが訊いた。

「何一つ知らないわ。行き当たりばったりの暴力犯罪の典型みたい」

ジェーンとシェリイは目配せし合った。ジェーンがうなずいたので、シェリイは言った。

「あの事件のことを、あなたがどのくらいご存じなのかは知らないわ。でも事件については、新聞には出ていない部分があるんです。彼女を襲った人間は家の中を通り抜けていて、そこには盗めばいいものがたくさんあったのに、何も取らないまま、彼女が仕事場にしている地下室へ直接行ってるの」

ミス・ウィンステッドは考えてみて、それから言った。「ずいぶん妙よね。盗みが目的なら、どうしてまっすぐ地下へ行ったのかしら？　彼女が地下に金庫か何かを置いていて、修理屋がそれを知っていたとか？」

「わからないんです」ジェーンは言った。「でも、あたしとつきあってる人がその事件の捜査員で、金庫の話は出なかったの。金庫があれば、たぶんその話をしたと思うんです」

ミス・ウィンステッドはしばらく眉をひそめていたが、やがて口を開いた。「まさかそんなこと……いいえ、もちろん、ありえない……」

「どういうことです？」ジェーンとシェリイが同時に言った。

「いいえ、ばかげた考えだから。ただね、彼女が今回の講習会で教える予定になったことが、ひょっとしたら事件になんらかの関係があるんじゃないかと思って」

「いったいどう関係してると？」シェリイが訊いた。

ミス・ウィンステッドは優雅に首をすくめた。「さあ。ふっとそんな考えが頭に浮かんだだけよ。受講者たちのことを訊かれていたからでしょう」

ジェーンもシェリイも愕然とした顔になった。「頭の片隅で、あたしも確かにそのことを考えてたみたい」ジェーンは打ち明けた。「事件が起こったのが、今回集まった人たちに彼女が教える直前だったということしか、理由らしい理由はないんだけど」

「受講者の誰かについて、彼女が何かを暴露しかねない状況にあったってこと？」シェリイが言った。

ジェーンが答えた。「もしかしたらね。でも、その何かってなんだろ？　それにジュリーだって、他にも人がいて目撃されるところより、その人と二人だけで話をつければよかったんじゃない？　ううん、そんなの説明にならない」

「でも、私たちは彼女を個人的に知っているわけじゃないもの」ミス・ウィンステッドが鹿爪らしく言う。「あれこれ決めてかかるのは軽率だわ。パーティに付き添った誰かが本気になりすぎて、彼女に拒まれたということだってあるかもしれない。彼女の仕事とは全く関係のない、痴情のもつれによる犯罪というわけ」

若いほうの女二人は、身の程知らずな口をきいた気になった。ジェーンは捜査についてわずかながらも知っていることに立ち戻った。「メルは――あたしの知り合いの捜査員なんですけど、彼は事件についてこう言ってました。暴力的な事件で、襲った人間は彼女がそこにいるとは思ってなかったかもしれないと」

「なんだって彼は、そういう結論を導き出したのかしら？」ミス・ウィンステッドの言い方は批判めいていた。

「事件の前に、ジェニーヴァ・ジャクソンが夫と共にその家から出かけたという事実のみからです。あの姉妹は本当によく似てるので、襲撃者が家を見張っていたとしたら、ジェニーヴァをジュリーだと思った可能性があるのではないかと。一つの見方にすぎないですけど」喋ってはならないことを漏らしてしまった今、ジェーンはメルの考えを弁護する必要を感じていた。

ミス・ウィンステッドはうなずいた。「確かに筋は通ってるようね。事件を通報したのは誰なの？」

「ジェニーヴァかその夫だと思います」ジェーンは言った。「彼らが帰宅して、ジュリーが怪我をしてるのを発見したんじゃないかな。とにかくその二人は、あたしたちが誤配されたお花を持っていった時、家にいたんです」

「ジェーン、捜査についてまた何かわかったら、私にも教えてもらえないかしら？」ミス・ウィンステッドが頼んだ。

ジェーンは困った。今ですらメルの信頼を裏切った気がしていて、これ以上は黙っているべきだと感じていた。

「捜査については、これ以上何か教えてもらえるとは思いません」ジェーンはごまかした。「メルが見方の一つを話してくれたのは、あたしの足の怪我の程度を確かめに、数時間後にうちを訪れたからなんです。まあ、考えながら声に出していたというか」

「わかったわ」ミス・ウィンステッドはやや硬い口調で言った。この年配の女性が全てを見透かしていて、気を悪くしたのではないかとジェーンは心配した。

だがその間《ま》は、一瞬のうちに過ぎ去った。突然稲妻が光り、激しい雨が料理店の屋根に叩きつける音がしたからだ。

「こんなの、誰も予測してなかったわ」ボックス席の小さなカーテンを引き開けながら、シェリイが言った。「わあ、本物の豪雨だ。しばらくはこの店から出られないようね。気象予報士が科学技術を手にすればするほど、予報は当たらなくなると思わない？　昔は予報を伝える人がスタジオの屋上へ上がってって、空を見ては予測してたけど、それで半分は当たってた。今じゃ、ほとんどはずれてるのに」

短い嵐が去るまで、彼らは地元テレビのニュースキャスターを笑いものにして過ごした。彼らはきちんとした英語を喋る訓練を受けていないのだ。それは、ミス・ウィンステッドが心底気にかけている問題だった。「彼らは悪名も有名も同じ意味だと思っているのよ。うんざりするような文法の間違いが多すぎますよ」

「この間、インタビュー番組でこう言ってるキャスターがいたわ。『ぼくと妻《ミー・アンド・マイ・ワイフ》は来週休暇に出かけるんです』って」ジェーンが口を入れた。

ミス・ウィンステッドは悲しげに首を振った。「なんという無知ぶりかしら！」

ジュリー・ジャクソン博士と、彼女の襲撃事件の話題がすっかりつぶされ、忘れられたことに、ジェーンはほっとした。

だが考えずにはいられなかった。メルの捜査の進展状況を自分にも教えてくれと頼むほど、なぜミス・ウィンステッドは捜査について知りたがるのか。弱まっていく雨脚を見ながら、ジェーンは疑いすぎる自分を戒めた。

12

午前中と午後の半分までほっつき歩いたせいで、ジェーンはくたびれていた。ソファにくずおれ、そろそろと横に体を倒した。

「何かいるものはある?」シェリイが訊いた。

「あまりに退屈で、失神させてくれるような本」

シェリイは本棚のところへ行って、とてつもなく厚いペーパーバックを取り出した。「『クルップの歴史』はどう?」

「認めたくないけど、面白かったんだよね」ジェーンは言った。「あれを読んだのは、トッドが幼稚園に入った年で、やっと日に三時間も子供たちから離れていられるようになったから。もう一回読んでみる」

「あんたのために、肉のローストの準備をするね」シェリイが言った。「心配しないで、静かにやるから」車路《くるまみち》を横切って自分の家に行き、ロースト用の肉を手に戻ってきた。戸棚からそうっと平鍋を出すと、調味料を入れたクッキングバッグに少量の水と肉を入れて載せ、ほとんど物音を立てずにオーブンに仕込んだ。

爪先立ちでリビングルームに戻ったシェリイは、ジェーンが胸の上で本を開いたまま熟睡しているのを見た。キッチンで物音がしたので、身を翻《ひるがえ》し、勝手口のドアへ急いだ。マイクがすでにドアを開けていて、びしょ濡れで立っていた。

「しーっ、ママが眠ってるから。どうしちゃったの？」

「園芸農場でどしゃ降りに遭ってしまって。天気予報がもっと降ると伝えたので、ほとんどの従業員が帰るように言われたんだ。俺、乾いた服に着替えないと」

マイクが行ってしまってから、キプシーがその後ろにいたことに、シェリイは初めて気づいた。「あなたがキプシーなのよね、そうでしょ？　あたしはジェフリイ家の夕食に、お肉を焼き始めていたところなの。マイクが二階にいる間、坐ってあたしとジュースでも飲んでましょう。あたしはお隣のミセス・ノワック。マイクからあなたのことは聞いてます」

「どうも、ミセス・ノワックよ」

「きっといいことばかりよね」シェリイは微笑んだ。

「んっと、それはまあ……」

「キプシー、あなたと少しお喋りがしたかったのよ、かまわなければ」

「うん、かまわないかな」キプシーは言いながら、派手な赤い色の前髪を、顔から掻きやり、シェリイが注いだ飲み物をひと口飲んだ。

「一つ訊きたいの。自分をそんなふうに見せるためには、ずいぶん手間がかかってるはずよ。

だから、どうしてそこまでと、思わずにはいられないのよね」

キプシーは、足を踏み鳴らして出ていくつもりで立ち上がりかけた。

シェリイが彼女の腕に手を置いた。「非難してるんじゃないのよ。本当に興味があるだけ。人の持つ性質について、すごく知りたいからなの」

不機嫌そうに、キプシーはキッチンの椅子に坐り直した。「はい、それはあたしも」

「そんなふうにたくさん穴を開けてるけど、すごく痛くなかった?」シェリイが訊いた。

「あんまりは。氷で麻痺したカンジにしてくれるから」

「そういうのをつけとくのも、痛くないの?」

「ううん。めったに。だけど眉のとこに入れてるリングに、前髪が入りこんじゃって、それがイテエのなんの……えっと、髪をはずすのに痛い思いをするってことです」

シェリイは励ますように微笑んだ。「へえ、面白いのね。ところで、自分の見た目をちょっとでも変えてみる予定はあるの?」

「もう一つ、タトゥーを入れようかなって。でも、どこにするかが考えつかない」

「そうやって自分に開けた穴は、アクセサリーを違うタイプのものにしたら、たぶん塞がるんでしょう?」

「だと思う」キプシーはぶっきらぼうな態度で答えた。

「でも、タトゥーはずうっといつまでも残るの?」

「なんで訊くの?」

「さっきの質問を、違う言い方でさせてね。あなたは三十歳に四十歳、それこそ五十歳になっても、そういう見た目でいるつもり?」

「五十歳って!」キプシーは甲高い声で叫んだ。「あたしは五十になんかならないもん」

シェリイは首を振った。「だけどねえ、なるのよ。その時、自分のタトゥーをどう思うかなあ?」

キプシーは肩をすくめた。「その頃には、消す方法ができてるよ。レーザーとかそういうやつ」

「じゃあ、いつかはそれを消したいと思う?」

「考えたことなかった」

「考えなさい」

シェリイはキプシーの飲み物を注ぎ足した。「あなたは、たぶんきれいな子なんだと思う。あなたが人にどう思われようとしてるのかを、あたしは理解したいわ。人に怖がられたいのか、笑われたいのか、あるいは今風ですごくカッコイイと思われたいのか?」

「そんなこと考えてないです。ミセス・ノワック、あたしはしたい格好をしていいの。あたしのママが気にしないのに、なんであなたが気にするわけ?」

あなたのお母さんより、あたしのほうがいい母親だからよ。シェリイは内心で思った。

「たぶん、単に母親だからだわ」シェリイはそっけなく言った。「あたしの娘はあなたよりちょっとだけ年下でね、もちろん、気持ちをあたしに打ち明けたりはしないわ。あなたも十六歳の頃は、きっとお母さんに相談することなんかなかったわよね。だから、もし娘がタトゥーを入れたがったり、鼻に穴を開けたがったりしたら、どう言えばいいのか知りたい気持ちもあるの」

キプシーは、飲み物のグラスに何やらつぶやいた。それから挑むようにシェリイを見た。「やめろって言ってあげて。あたしを見て笑う子たちがいるの。全然平気だけど。あの子たちはただのばかだもん。自分があたしみたいになるのが怖いだけ。不安定な子たちなの」

すると、あなたは誰かに不安定だと言われたのねと、シェリイは思った。「マイクはあなたを笑ったりしないでしょ？」

「うん、たぶん彼は笑わない。本当のあたしをちゃんと見られる人だよ」

「あなたの言ってること、わかる気がするわ」シェリイは言った。階段を下りてくるマイクの足音が聞こえた。「ありがとう、キプシー、正直に話してくれて」それとちょっぴりだけど、自分にも正直だったわねと、胸の中で言い添えた。

「二人は井戸端会議中？」マイクは笑い声をあげた。「これ、俺のグランプスの口癖なんだ。グランプスって祖父のことさ」とキプシーに説明する。「だけどちっとも気難し《グランピー》くはないんだ。午後は休みになったから、映画に行こうよ」

キプシーが立ち上がり、マイクについて勝手口に行きかけたが、足を止めて、ちらとシェリイを振り返って言った。「こちらこそ、ありがとうございました、ミセス・ノワック」

数分後に、重い足取りでジェーンがキッチンへ入ってきた。「あんたってば、本当にあの子をぎゅうぎゅうに絞ったのね」

「そんなつもりはなかったんだけど。ただね、子供たちがわざわざ自分をばかっぽく、汚らしく、異様に見せようとするのが、いつもどうにも不思議で。きっとあたしには、そういう段階がなかったのね」

「たいていの人にはないよ」ジェーンはキプシーが坐っていた椅子に坐った。

「でも、人に好かれたいと思うのが、人間ってものじゃない？」

ジェーンは首を傾げて考えた。「もしかしたら、好かれるより称賛されたいものかも。それに、時には怖がられたいかもしれないよ。あんたなんか、たくさんの人を縮み上がらせて、それを楽しんでるのを、あたしはちゃんと知ってるもん」

シェリイは反論しかけたが、やめてにやりと笑った。「相手がろくでなしの時に限るけどね」

「で、キプシーからはまばゆいばかりの悟りを得られたわけ？」

まあまあねと、シェリイは手の動きで表現した。「なぜあの子が異様な格好をしたがるのか、本人に訊いた人は誰もいないみたい。あたしだって、そうあからさまには言ってない――」

「わかってる。盗み聞きしてたから」

「あの子には親の指導が必要なだけだと思う」

「あんたもあたしも、それがティーンエイジャーに大歓迎されることはわかってるじゃない」

「それでも子供は親の指導を必要としてる。彼らは絶対に認めようとはしないけど。ティーンエイジャーはとことん闘いたがるものよ。特に好みや友達や外見に関わることではね。あのかわいそうなキプシーは、いくらか横柄になったのが二度だけなの。全然たいしたことない」

「あんたは彼女にとって赤の他人だからだよ。おまけに怖いとこがあるし」

「怖くしてる時だけよ」シェリイは言った。「だけど知らない人であれば、いっそう失礼な態度を取って当然よ。なのに、あの子はそうしなかった。思うんだけど、あの子が何をしようが、どんな格好をしようが、母親はまるで関心がないのかもしれない。だからあの子はタトゥーを入れてみる。ママは何も言わない。だから次は鼻に穴を開けてみるけど、やっぱりママは気づかない。だから髪をみごとなまでに凄まじい色に染め——」

「あの子のことを本気で理解しようとしてるの？　愛情深い母親がいて、娘をだめにしていることに泣きながら眠ってるかもしれないのに。母親には他に優等生の娘たちがいて、なぜキプシーがおかしくなったのかわからないのかもしれないよ」

言われてシェリイは考えてみた。「あんたが正しいのかもしれない」

「もう一回言って」ジェーンは嬉しさで気絶しそうなふりをした。「めったに聞けないもん。

あの肉のロースト、すごくいい匂いがする。あんたもうちであたしたちと食べていけば?」

「そうできたらなあ。ポールの妹のコンスタンツァが夕食を食べにくるの」

ジェーンは指で×印を作ってみせた。「お気の毒さま。彼女、最近もあんたんちの家探しをしてるの?」

「あたしの知る限りはしてない。だけど彼女、ダイエットをやっててね、それには大量のスプラウトとパスタが必要で、食べていいお肉は子牛肉と鶏肉だけなの。皮を取って、油を使わずに焼くのよ」

「先月は豆腐と野菜だけじゃなかったっけ? 野菜といえば、ウルスラの庭をどう思った?」

ジェーンは訊いた。

「認めるのは癪《しゃく》だけど、気に入ったものもあったかな。あの大理石の噴水だけど、たぶん後ろに貼ってあるアルミホイルとあんな派手な色の大理石の代わりに、透明感のあるブルーの大理石だったら、きっと最高だった。あたしもあんなのを作ってくれる人を探してみようかと思ってるくらい」

「見たかったな。あたしは彫像が気に入った。特に銅でできた優雅な貴婦人の像。ミス・ウィンステッドも庭のどこかに感心してたんだと思う。メモを取ってるのを見たから」

「ランチが終わる頃、ミス・ウィンステッドに対して気まずそうだったね」シェリイが言った。

「メルから聞いたことを喋りすぎたから。内緒ごとをペラペラ喋って気が咎めてたの。そこへメルが他にも推理したことがあればまた教えてほしいって、彼女に言われて、ちょっと警戒したんだよね」

「考えてみたら、彼女、ちょっと変だったよね。ミズ・ジャクソンを襲った犯人が講習会の誰かだっていうあたしたちの考えにも、変なこと言ってたし」

ジェーンはしばらく黙り込んだ。「でも――もしあたしたちの考え通りだったら？」

13

「襲撃者が受講者の一人だったら、何がどうつながるっていうの？」シェリイが訊いた。

肉の焼ける匂いをかいでいるとお腹が空くので、シェリイとジェーンはジェフリイ家のパティオに出て坐っていた。予報では日が変わるまで降り続くと言っていた強い雨がやんでいて、涼しかったし、空気は湿り気を帯びていて、屋外はそこそこ快適だった。

「受講者の誰かってこともある、と思う」ジェーンは言って、悲しげに裏庭に眼をやった。マックスとミャーオが並んで坐り、何か動く気配はないかと家の裏の空き地を注視している。工事を始める前に倒産したりしない別の開発会社がそこに建売住宅を建てれば、猫たちはひどく悲しむだろう。庭の芝生は刈る必要があるし、半円形の通り道がいつまでもそこにある。長年にわたってウィラードが、ゲートとゲートの間を行きつ戻りつしつつ、オトボケ頭が転げ落ちそうな勢いで郵便配達員に吠えたててきた場所だ。しかも枯れたチューリップの葉まであるのは、ジェーンがそれを集めて回り、捨てることがなかったせいだ。彼女の家の庭は実に恥さらしであった。

「でも、受講者以外の誰かでもありうるよ」シェリイは反論した。「彼女の家族の誰か、仕事関係の人間、あとは仲違いをしてる隣人という線もある。もっと言うと、全く知らない人間か、ドラッグに溺れておかしくなったやつで、裏口のドアの鍵が開いてないか、手当たり次第に確かめてたとか」

「おかしくなったやつなら、一階にあったものを盗んで消えてるって」ジェーンは言った。

「そうかもしれないけど、そうじゃないかも」シェリイが言い返したのは、ためだけにする反論のようなものだった。「そいつが地下で人の動き回ってる音を耳にしたら、まっすぐ地下室へ行って、これといった理由もなくミズ・ジャクソンを襲ったかもしれない。ドラッグにどっぷり浸かった人間だったら、それをいい考えだと思ったかも」

「そこそこドラッグをやってれば誰だって、なんでもいい考えだと思うよ」言い返したものの、ジェーンはその推測を真剣に検討していたわけではなく、シェリイも同様ではないかと思っていた。

シェリイが言った。「ひょっとして、彼女を襲ったのがイーストマン博士だったら?」

ジェーンは振り向いて彼女を見た。「だったらどういうことになるの?」

シェリイが肩をすくめた。「彼女の代わりに来た講師だから、名前が頭に浮かんだだけ。たぶん、彼は自分と自分が作ったマリーゴールドを、なんとしても宣伝する必要があったんだ」

ジェーンは応じて言った。「きっと彼は、ジュリーのようにいろんな講演会で話をしてくれと頼まれてるはずだよ。たぶん、望む以上に。それにあのマリーゴールドは、まだあと何年かは市場に出ないって、彼が言ってたじゃない」

「あたしは、ミス・ウィンステッドが彼について言ってたことを考えてた」

ジェーンは一瞬考えた。「彼女の側の言い分が、全て真実だと思う?」

「あたしもどうかと思った」シェリイは認めた。「だけどイーストマンは、明らかに出世に邁《まい》進《しん》する男だもん。自分の宣伝をして、たくさんお金を稼いで。たぶん彼が本当に欲しいものは、名声じゃないかな」

「好きになるのが難しい男だな。でもこれまでの仮説は、たぶんどれも穴だらけ」

シェリイがいきなり方向転換して訊いた。「メルとは最近あまり一緒にいないんでしょ?」

「関連のない三つの事件をいっぺんに抱えてて、忙しいの」ジェーンは言った。「時々電話をかけてくれるけど、ここ二日、姿は見てない」

「ジュリー・ジャクソンのことで、他になんか言ってた?」

「それに関しちゃ、墓場のようにシンとしちゃってる。捜査が進めば、そのうち事は判明するってさ」

シェリイは自分で運んできた大きくて、実にみっともない紫色のカラフェから、アイスティーを注いでひと口飲んだ。「あたしたちに、ご近所の犯罪に首を突っ込んでほしくないわけ?」

ジェーンはうなずいた。「そうだと思う。でも、あたしたちはこれまでうんと彼の助けになってるんだから、その腕前に感謝してもよさそうなものよね」茶化すように微笑んで言った。

自分の家の車路《くるまみち》で車のドアがバタンと閉まる音がしたため、シェリイは立ちながら言った。「ちょっと待ってて。すぐに戻ってくるから」

実際には十五分かかって戻り、シェリイは言った。「園芸センターだった」

「どこの園芸センター？」

「あんたんとこのマイクが働いてるとこよ。うちの庭をこぎれいにしてもらうのに呼んだの」

「シェリイ！」ジェーンは叫んだ。「そんなのインチキじゃん！　受講者は同じ日にあたしとあんたの庭を見にくるんだよ。あんたってばいいとこを見せびらかして、あたしをますます格好悪くさせるつもりなんだ」

「あんたも考えればよかったのよ」シェリイは穏やかに言った。「さあ、どんなふうにしてくれてるか、見にいこう」

以前は取り立てて特徴のなかった裏庭に、若者が二人いて芝生を刈り、端を整える専用の芝刈り機も使っていた。プランターに植えられたあらゆる種類の美しい植物が、大量にパティオの一隅に配置されていた。木でできた昔の手押し車の複製品には、黄色いキンレンカがあふれそうに咲き、大きな如雨露からは紫色のペチュニアが今にもこぼれそうだ。ロベリアの小さな鉢植えに囲まれてキューピッド像が立ち、本物に見える模造の陶器の鉢が十かそこら、絶妙な位置に散らしてある。一つの鉢には格子《トレリス》が挿してあって、コーラル色の野バラがからみついていた。野バラの隣は、先の尖った長細いヴェロニカだ。大きなひと鉢には、上質のブルゴーニユワインと同じえんじ色のヒマワリ。大きな鉢の間を埋めるように、ヴァーベナの鉢が押し込まれている。

パティオの変わりようを、ジェーンはぽかんと口を開けて見ていた。「あんたって――あんたってば！　これらがなんなのかさえほとんど知らないくせに。どうやって世話するつもり？」

「簡単よ。二、三日水をやって、お庭見学が終わったら、あのすてきな男の子たちがまたやってきて、全部持って帰ってくれるのよ」

「庭をレンタルしたわけ？」

「悪い？　そんなに費用もかからないし。おまけに簡単だった。植物カタログ一冊と電話一本よ」

ジェーンは友人をにらんだ。「あたしがやろうとしてたのは、前の日の晩にうんちすくいスコップと芝刈り機をマイクに持たせて送り出すのと、ズタズタにされたシマリスをパティオに残さないように、猫たちを家に閉じ込めておくことくらい。パティオのテーブル用のクロスと、食料品店にある小さな花のアレンジメントの一つも買おうかと考えてた。それなのに、あんたはビルトモア・エステートの有名庭園を再現するのね。それはインチキと呼ばせてもらう。本気だからね」

侮辱されても、シェリイは平然と受け流した。「さっきも言ったけど、誰だって考えつくことじゃない」

ジェーンは息を吐き、相手を嘲るブルルッと言う音を出した。「ミセス・ノワック」作業をしていた若者の片方が声をかけた。「お宅の灌木《かんぼく》は刈り込んだほうがいいですか？」

シェリイは浮かれた仕草をして、答えた。「ええ、そのままがんばってちょうだい、お兄さん」

重い足取りで家へ戻ったジェーンが、改めて自分の庭に批判的な眼を向ければ、南の隅の白いペチュニアは虫に食われ、まばらに生えているフジウツギは一度も花を咲かせたことがないままで、マリーゴールドは数が少なくて貧相だった。そのあと家に入ると、マイクが働いている園芸農場に電話をかけた。従業員の母親だから、値引きしてもらえるかもしれない。

ジェーンが電話を切ったか切らないかの瞬間に、玄関の呼び鈴が鳴った。アーノルド・ウェアリングが、アルミホイルを被せた四角い鍋を持って立っていた。

「お入りください……アーニー」そう呼んでくれと講習会で言われたのを思い出して、声をかけた。

「ミセス・アップルドーンがとんでもない食べ物をあんたに持っていった話を、今日してたんだ」彼はそこでいったん黙った。「そいつがまずかったならいいが、あんたの口には合ったかもしれんから」

「全然口に合いませんでした。全部捨てちゃったの。善意でしてくれたことだけど」

彼はそれを聞いて安心したようだ。「それでだな、うちへ帰ってから、もっとうまいものがあったら嬉しいんじゃないかと考えるようになった。これは妻のレシピ綴りにあったブラウニーでね。どこへ置けばいいかな？」

「ご自分で作られたんですか？」ジェーンは言いながら、彼をキッチンに案内して、カウンターを指した。

「おやおや、ミス・ジェフリイ、自分でやるしかないんだよ。ダーリーンが亡くなるまで、一人ぶんの料理は作ったことがなかった。しかし、退職前は消防署で団員のために炊事をしたもんだ。今は、ダーリーンのレシピの小箱を週に二度は頼っている。妻は大変な料理上手だったんだ。レシピに頼れば——そうだな、少しだけ、まだ妻が一緒にいるような気がするんだ。魂を感じるだけだがね」

「おやさしいのね」ジェーンは言った。「あなたがなさっていることを、彼女はちゃんと知っていて、きっととても喜んでらっしゃるわ」

出し抜けに、アーニーは勢いよく玄関へ引き返した。肩越しに「あんたに時間を取らせちゃいけない。ブラウニーは好きかもしれないと思っただけだから」と言って。

ジェーンはお礼を言いながらあとを追ったが、彼は行ってしまった。

ジェーンと娘は晩《おそ》い夕食を食べ終えようとしていた。マイクが戻ってこないので、息子はキプシーと駆け落ちしたのではないかと、ジェーンは想像をたくましくしていた。いつものマイクなら、実にきちんと母親に居場所を知らせてくる。まあ……高校生の間はそんなふうだった。大学での一年間が、こういう礼儀をすっかり忘れさせてしまったのだろう。

午後にウルスラが電話をかけてきて、また料理を運んでいる途中だと言ったので、ジェーンはもう夕食をテーブルに並べているところだと言った。その時まだ四時半だったのに、ウルスラは信じたようだった。

ケイティは相変わらずフランス語もどきのアクセントをつけて喋り、ジェーンは気づかないふりをした。「フランス人はね、お肉を料理するのにプラスチックの袋なんか使わないのよ。とっても高級な紙を使うの」ケイティは解説した。

「みんなそうするの？」ジェーンは皮肉を込めて言った。「ケイティ、あんたはお金持ちの友達とパリにいただけじゃないの。それに、料理店の厨房に入る機会があったとも思えないし」

「ところが、入ったんだって」ケイティはこの時だけ平易な英語に戻った。「ジェニイのパパは若い時に料理学校に行っててね、お店で注文する前に、厨房を見せてくれっていつも頼んでたの」

ジェーンは唖然とした。「ジェニイのパパは銀行員よ。料理学校なんて二十年も昔の話じゃないの。その学校のせいで体重がふえたから、最初の一年で辞めて経営学に進んだって、確か彼が言ってたわ。しかもよ、アメリカ出身の上品な人たちは、お店の厨房を見たいなんて要求はしません。あんたたち、よく放り出されなかったわね」

論争は、メルが玄関の呼び鈴を鳴らした時に、いったん保留となった。ケイティがホールへ大げさに飛び出し、メルを中に入れながらうんざりした口調で言った。「ママはキッチンにいて、あたしの友達の批判をしてる」そのまま大げさな動きを続けて階段を上りきり、部屋のラジオをつけて音量を最大にした。

メルは微笑みながらキッチンに入った。「今度は誰を叱り飛ばしてるんだ？」

「あなたの知らない人」ジェーンはにっこりした。「坐って。残り物が山ほどあるの。夕食はまだよね」

「それを言えば、昼飯もだな。ありがとう」

空腹時のメルには話をしようとは思わないことだと、ジェーンは早くに学習していた。たとえ答えてくれたとしても、せいぜい「うーん」か「いいや」だ。だがジェーンはジュリー・ジャクソンのことで、なんとしても彼から情報を引き出したかった。辛抱強く坐って待つそばで、彼はトーストを四枚食べ、グレイビーソースをかけたポテトをお代わりし、ブロッコリのグラタンを遠慮した。

メルが残り物に徐々に手をつけている間に、ジェーンはシェリイが植物をレンタルした話をした。「そんなのずるい。あたしたちの庭は訪問日が同じだから、あたしがしみったれに見えちゃう」

「だけどきみには、そんなつまらない真似をしないだけの分別があるってことじゃないか」メルはもぐもぐやりながらも言った。

「それが、そういうわけでもなくて……」ジェーンは小声で言った。「あたしのは明日の午後に届くことになってるの。しかも、シェリイに一段差をつけたくて、水廻りのオブジェまで注文しちゃった。といっても、水が流れるタイプの小鳥用の水浴び場で小さいやつよ。どうせ欲しいと思ってたし、即断で買っちゃったの」

「そこまで張り合おうとするのは、骨折した足のせいか？　それとも、他に何かあるのか？」メルは問いかけ、やっとナイフとフォークを置いて、きちんとジェーンの顔を見た。

ジェーンもしばらく彼を見つめた。「あるの。それも、もっとあほらしい理由よ。あのね、あたしはどこの骨だって一度も骨折したことがなかったの。だから自分ががくんと弱くなったみたいで――えっと、年を取ってきた感じがしちゃって」

「だけど八つか九つの頃に、足の骨を折ってたとしても、きっとそんなふうには感じなかったさ。俺はその頃に腕の骨を折ってるけど、なんとなくカッコよくて、たくさんの人の中で目立ってる気がしたのを覚えてる。誰だって、いつかどこかを骨折するんだ。きみはこれまで運がよかっただけさ」

「そうね、でも八つと四十いくつとでは違いがあるわ。それに、あたしがあなたより年上だってことを、改めて思い知らされる」

メルは心底びっくりしたようだ。「そんなことが一度だって問題だったことがあるかい？たったいくつかの違いだし、きみは俺よりはるかに上手に年を取ってるじゃないか」

ジェーンは眼を潤ませ、テーブル越しに身を乗り出して両手を彼の頬に当てた。「あなたがどんなにやさしい男かってことを、あたしは時々忘れてるのよね」

メルは彼女の片手を取って掌にキスをし、にやりと笑った。「きみは俺から情報を引き出したいだけなんだろう？」

「まさか！　考えもしなかったわ。でも、せっかくあなたが言ってくれたことだし――」

「じゃあリビングルームに行って坐ろう。あっちのほうが、きみには楽だろうから」

メルは慇懃にジェーンをソファに坐らせ、背中にクッションをあてがってやって楽になったのを確かめてから、自分も腰をおろし、ギプスで固めた脚を自分の膝に乗せて言った。「正直に言うと、ジャクソンの事件について、警察の捜査はあまり進展していないんだ。容疑者が多すぎるのに、証拠は少なすぎる」

「どういう容疑者？」ジェーンは訊きながらあたりを見回し、何か長いものはないかと探した。ギプスの内側に差し入れて、脚の裏側の痒いところを掻きたいのだ。サイドテーブルに見えている爪やすりに決めた。

「数多くの男たちさ。ジャクソン博士はたいした社交家だったんだ。若い時、続けざまに二度結婚したあと、結婚相手としての男には興味を失った、ということらしい。それでも社交ぶりは相当のものだった。上流社会のあらゆる慈善団体の理事会に名を連ね、豪華な晩餐会に数えきれないほど出席していた。いつも付き添いの男とね。彼女の銀行通帳とクローゼットは、どちらもきみが羨むほどのものだ。たくさんの金に、たくさんの優雅このうえない衣装」メルは彼女から爪やすりを取り上げた。「そんなことはしちゃいけないよ」

「元夫たちはどうなの？」

「だめだな。一人は香港で商談中、もう一人は三番目の妻と四人の子供を連れ、マーサズ・ヴィネヤード（マサチューセッツ州南東部のコッド岬沖にある島。避暑地として有名）で休暇中。信頼できる目撃証人が多数いる。それに元夫はどちらも彼女が怪我をしたことを、心から悲しんでいると思える言葉を口にして、彼女のために自分が何かできることはないかと訊いてきたよ」

「他の男たちは？　慈善団体の晩餐会で、ワインと食事を彼女と共にした人たちは？」

「これが長いリストなんだ。彼らはそれぞれの分野でトップにいる成功者ばかりで、警察に事情を訊かれても、うろたえずにいる術《すべ》を知っている。彼らもみな心配する言葉を口にして、心からそう思っているふうだった。病院の彼女がいる周囲は、集中治療室でも花や果物籠が受け入れられるなら、それらでぎゅうぎゅう詰めになるな」

ジェーンはその意見をきれいに無視した。「アリバイのある人はいるの？」

「確実なアリバイがある者もいるし、数名には全くない。しかし、なくてもたいして意味はないんだ。近頃のそういう会社役員たちの多くが、少なくともある程度の時間を、自宅から指示を出して働いてるし、ほとんどが独身か離婚してるかだから、アリバイを証明する人間はいないんだが、それで彼らが何かの罪を犯してることにはならないさ」

「ジュリーのぐあいはどうなってるの、実際のとこ？」

「かなり回復してきてる。半意識の状態があれだけ長く続いたのに、脳に永久的な損傷を全く受けてないようだと、彼女の義兄は話してた。今の彼女はとても明晰だ」

「自分の身に起こったことについて、彼女は何を話したがったの？」

ちょうどその時、電話が鳴り出した。「俺が取ろうか？」メルが訊いた。「俺にかかってきたのかもしれないし」

「お願い、でね、もしマイクだったら話がしたい」

メルが受話器を取って言った。「ヴァンダインです」それから、「ええ、そうです……はい、彼女は大丈夫ですよ。夕食を終えたところで……豆腐ですか？　それはどうかな」

メルは首を振り振り戻ってきた。「ウルスラって人が、豆腐は食べたかってさ。ウルスラっていったい誰だ？　それになんで豆腐を食べるんだ？」

「ウルスラについてはあとで教える。さっきの話に戻ろうよ。ジュリーの頭が明晰になってるのだったら、犯人や事件について、あなたになんと言ってるの？」

「完全に何も。襲われた前夜に姉夫婦とグリル焼きのステーキを食べてからあとのことを、彼女は何も思い出せないんだ」

「でも思い出すでしょ、いずれは？」ジェーンは言った。

メルが首を振った。「彼女の義兄の言うことには、重大な事故に遭うと、その直前の記憶が戻らないことも時折あるそうだ。彼の説明によると、脳がその記憶を文字通り届かない場所にしまい込むのは自然なことなんだ。俺が彼の言葉を理解していれば、自己防衛のために恐怖を感じる作用だな。記憶から自分を守るために、自己催眠をかけるようなものだ」

「回復したら、実際に催眠術をかけてもらうわけにはいかないの？」

メルはソファの背にもたれ、所在なげにコツコツ指でギプスを叩いた。「彼女がそれに同意すればの話だ。思い出すのは耐えられないことかもしれないし、ひょっとしたら催眠術にかからないかもしれない。ほら、かからない人もいるじゃないか。いずれにしても、彼女が元通りになるにはかなり長くかかるだろう。他のことでも、少し記憶喪失のきらいがあってね。脅威を感じない記憶は早々に戻るだろうと、神経科医は考えてるが」

「彼女の仕事場で指紋は採取してるのよね？」

メルは両眉を上げて言った。「疑ってるのか？　もちろん採取したとも。だけどほとんどのファイルは、どこかの段階で他の人の手を経てきたようでね。たくさんの指紋がついていたが、問題のない手紙を別にすれば、姉と義兄の指紋には一致しなかった。そういった手紙まで、識別用に色分けされたホルダーブックの中にファイルしてあったよ」

「じゃああなたは、姉か義兄を疑ってるの？」

「家族を疑うのは捜査の常道だよ、ジェーン。最も暴力的な犯罪は、家族の間で起こるものだからね」

「常道として、やっぱり二人のうちのどちらかがやったかもしれないと思ってる？」

メルは首を振った。「姉は購入日時の入ったレシートを持っていて、彼女が買った衣類についていたタグとそれが合致した。義兄はシカゴの駐車場のチケットを持っていて、それが示す時間帯と、車で往復に要する時間を考慮すると、出かけていたと彼らが言っている時間にほぼ当たっている」

「そうなると彼らは容疑者からはずれるの？」

「そうとも限らない。犯行時刻は推測が難しいから、理論上では、家を出る前に彼女を痛い目に遭わせたということもありうる。出かける時は彼女は大丈夫だったというのは、あの夫婦の言葉でしかないからね。襲った時に、犯人が彼女の腕時計を壊してくれなかったのが残念だ。壊してれば犯行時間がわかったのに。あいにくと、そういうことが起こるのは小説の中だけさ」

「彼女のファイルはどうだったの？　何かなくなってるものがなかったか、わかった？」

「ファイルの抽斗のうち、二つが大きく開いていた。彼女が仕事をしている間、そうしておいたのかもしれない。ファイルとファイルの間に広い隙間はできてなかったし、書類がばら撒かれたりもしてなかった」

「コンピュータは？」

「調べてる最中だ。ここ最近の危険や個人的な揉め事を匂わせるようなものは、これまでのところないようだよ」

「ファイルの中のもっと古いものに、揉め事を示すようなものはあったの？」

「ずっと古いものなら。彼女のファイルのおおかたは、分析を依頼された植物について説明する手紙だ。DNAや、植物のさまざまな部位の細胞組織に関するあらゆるデータ、明細書、誰かが提供した写真も、それぞれのファイルに入っていた。それから彼女の調査結果を受け取った旨の受領書。少数ながら結果に異議を唱える者もいたが、ごく控えめな言葉でだった」

「それは争いになってる植物特許に関係があることなの？」ジェーンは言った。講習会でイーストマン博士が話したあることを思い出していた。

「ほんの数件だよ。それらの人たちは、たいていが特許の出願をするつもりで、自分の提出するものが以前に彼女が調査したものと酷似していないかどうか念入りに確認したがってたんだ。特許事務所の専門家から聞いたんだが、よくあることらしい。特許の取得にはとても費用がかかるから、特許に関する情報を提出する前に、外部の専門家にお金を出したほうがいいと考える人が少なくないようだ。姉の話では、彼女が係争中の特許の件で法廷で証言しなくてはならなかった時から、もう数年はたっているそうだ。そういう仕事以外では、植物学のテキストや専門雑誌のための論文を書いているとも言ってた」

「スチュワート・イーストマン博士の依頼が入ってるファイルはあった？」

「誰のことだ？」

「特許出願中のピンクのマリーゴールドの持ち主。と同時に、ジュリーができなくなった講習会を引き継いだ人物」

「心当たりがないが、確認してみよう。ピンクのマリーゴールドだって？　そんなものができるのか？」

「できるらしいわ」ジェーンは言った。「講習会に持ってきて、見せびらかしてたもん」

メルは電話をかけにいき、ジュリーのファイルのリストを持っている、自分の部署の誰かにイーストマンの名を教えた。ずいぶん長く待ってから、「ありがとう」と言った。

メルが座をはずしている間に、ジェーンはまた爪やすりを取って、心ゆくまでえんえんと気持ちのよい掻き掻きタイムを取った。メルが戻ってきたので、爪やすりをクッションの間に突っ込んだ。

「なかったよ、ジェーン、ファイルにイーストマンの項目はない。なぜ彼が関わってると思うんだ？」

「本気で考えてるわけじゃないの。ただ彼は植物の特許を取ってるし、ジュリーとその姉を知ってるみたいだったから」

「それにしても、どういう講習会なんだ？」

「初歩の植物学だったはずなの。シェリイとあたしが登録したのは、どういう種類の植物なら、あたしたちが育てるのによいかを学べたらなと思ったからよ。蓋を開けてみたら、イーストマンの関心は植物の特許を取ることだけで、あたしたちが期待したような初歩のものじゃなかった。理論の上ではそれなりに面白いけど、受講者の誰にとっても実践的に役立つものじゃないわ」

「しかも、そこで妙ちきりんなウルスラがきみの人生に現れたというわけか？　いったい何者なんだ？」メルが言った。

ジェーンはため息をついた。「ウルスラの説明をするのは難しいな。年を取ってきたヒッピーね。上から下まで絞り染めで、猛烈な自由主義者、あるいは猛烈な保守主義者なのかもしれない。どうもよくわからないわ。それと彼女は、至る所に大掛かりな陰謀があると思ってるの」

「それが豆腐とどういう関係があるんだ？」メルは声をあげて笑った。

「彼女が言うには、ヴェトナムで看護師をしてて、看護師の資格を失ってからは、たくさんの老婦人のお世話をしてきたんだって。薬物がらみの容疑のせいだと認めたけど、その容疑は正当でないと否定してた。ただのハーブ治療だったって。それと、放し飼いの鶏の卵と健康食品」

メルが笑うのを止めた。「ああ、なるほど。彼女の身許を調べたほうがいいな」

「そんなことできるの？」

「そう願うよ。だけど、なんできみに電話してくるんだろう？」

ジェーンは微笑んだ。「あたしのことを、老婦人たちのように無力だと、目をつけてるからよ。そうそう、今はお世話をしてる老婦人はいないはずだわ。あなたにも、彼女が持ってきた料理を見てもらいたかった。豆腐なんか一番気色悪くないほう。メル、善意のつもりなんだろうけど、あたしはなんとなく彼女が怖いの」

「どういう点で？」

「陰謀話のせいだと思う。ずうっとそのことを喋ってるんだもの。政府はあたしたちに苺で毒を盛ろうとしてて、デンヴァー空港の所有者はほんとはエリザベス女王で、フリーメーソンは世界を支配してて、特に郵便局を制御してるって。何もかもあまりに異様で偏執症っぽい。それからね、彼女が言及するいわゆる歴史的事実ってものまで、完全に間違ってるんだけど、それを知るのをいやがるの」

「どんな事実を?」メルが訊いた。

「本当に興味があるの? ええっとね。彼女はテンプル騎士団のことを一世紀間違えてたし、ドーファンが生き延びてて、しかもイギリス人だったたし、ヴァージニア・カンパニイを設立したと考えてるようなの。もしあたしの歴史学の記憶が正しければ、ヴァージニア・カンパニイができたのは、彼が生まれるずうっと前のことだわ」

「きみの作り話だろう」

ジェーンはむっとした顔になった。「ウルスラみたいな人をでっちあげるような想像力なんて、あたしにはないわ。たとえあったたって、絶対しない」

「講習会には、他に誰がいるんだ? 大人数なのか?」

「もともとはそうだったかもしれない。広い教室が割り当てられてたから」ジェーンは言った。「でもジュリーが襲われた記事が地元の新聞に出たし、多くの受講者は講習会が中止になったと考えたんじゃないかな。それについては、ステファン・エッカートに訊くといいわ」

「彼は誰?」

「短期大学の職員で、コミュニティ活動部門の責任者で、今回の夏の講習会を企画した人。ああ、責任者の代理かもしれない。ミス・ウィンステッドはそう言ってた」

「で、そのステファンもおかしいのか?」

「いいえ、全然。彼がその仕事を得たのは、すごく明るくてハンサムだからじゃないかな。ミス・ウィンステッドは彼が何かよからぬことを企んでるようなことを、暗に言ってたけど」

メルは立ち上がって、そこら辺を行ったり来たりした。「それで、ミス・ウィンステッドは……？」

「彼女も受講者の一人。元図書館員。それに、代理の講師であるイーストマン博士の元義理のいとこ。彼を憎んでるの」

「それなら、なんだってその講習会に行くのかな？」

「本気で知りたいなら、事の次第を全て聞かせてくれるように、彼女にお願いしなきゃ」ジェーンは口ごもり、一分ほど考えた。「変ね……。彼女はジュリーの話を聴くために、その講習会に登録したのに、イーストマンを不快にさせるために、彼の講演には必ず行ってると話してた。彼が代役をすることを、どうやって知ったんだろ？」

「彼女がステファンてやつのことを知ってるんなら、彼から聞いたのかもしれない」メルが推測した。

ジェーンはほっとした顔をした。「きっとそうに違いないわ。嫌いな男に惨めな思いをさせようとするよりひどいことで、ミス・ウィンステッドを疑ったりしたくないもの」

メルはしばらく黙り込んだ。それから訊いた。「講習会の誰かが容疑者だと、きみは本気で考えてるのか？」

ジェーンは肩をすくめた。「たぶん、違うわ。ずっとどっちつかずなの。でも、あなたには他に考えてみなきゃいけない人がたくさんいるから、違うと思う」

「他の受講者も全員名前を挙げてくれないか?」メルは上着からメモ帳を取り出した。「スチュワート・イーストマン、ウルスラの姓は?」

「アップルドーン」

「ステファンてやつの名はどう綴るんだ?」

「さあ」ジェーンは答えた。「でもミス・ウィンステッドはマーサよ。それと、彼女のお隣に住んでる、異常なくらいにこぎれいな若い感じの男で、名前がチャールズ・ジョーンズ。それからアーニー・ウェアリングっていう年配の人がいて、彼は元消防士。シェリイが全員の住所を持ってるわ。お庭訪問の予定を組んだのが彼女だから」

「他には?」

「あとはシェリイとあたしだけ。あたしたちも調べるつもり?」

「もう調べたさ」メルは真顔で言った。

ジェーンは笑い声をあげ、それから彼が真剣なのに気づいた。「ほんとに調べたの?」

「ずっと昔のことだ。あの掃除屋の女性の事件さ。彼女が、シェリイの家の客用寝室で絞殺されていた時。あの時はまだ、きみのことを知らなかった。俺が駆けつけた時、すでにいたというだけだ」

そして事件を解決したのよ、とジェーンは思ったが、口にはしなかった。

「あっ、忘れてた。ジェニーヴァ・ジャクソンも講習会に来てる。夫に病院から追い払われたと言ってた。あまりに陽気な見舞い人だから、みんなの神経を逆撫でしたんだって」

「講習会に登録してたのか？」

「してないと思う。妹が良くなるまでここから動けないし、暇な時間を何か関心の持てることで埋める必要があったみたい。彼女も植物の仕事に関わってるの。まさか、講習会の誰かに責任があることだと、真剣に考えてるわけじゃないわよね？」

「それはないだろうけど、興味深いし、そのうち関連性が出てくるかもしれないじゃないか。ジェーン、俺はぶっ倒れそうなほど疲れてる。また何か起こらないうちに、家に帰って少し眠っておかないと。帰る前に、何かしておくことはあるかい？」

「一つだけ。初めてあたしに会った時、どう思ったか教えて」

メルがにやりと笑った。「すごいオッパイをしてるなって」

彼は勢いよく飛んでくるクッションやらペーパーバックやら爪やすりから身をかわし、逃げる羽目になった。

15

数分後にシェリイがやってきた。「手助けが必要なことは何かある？」

「一つもない」ジェーンは言い、とっとと帰っていったメルの様子に、今も声を殺して笑いながら、足を引き引きリビングルームに戻った。何歩かなら松葉杖なしでも進めることは学習していた。慎重に、そして絨毯を敷いた床から離れなければだ。

「メルが慌てて帰るのが見えたよ。彼、ジュリー・ジャクソンの件で、何か新しいことを言ってた？」シェリイが訊いた。

ジェーンは事件について彼が話したことを繰り返そうとしたが、シェリイに遮られた。「奇妙なメッセージつきの花のことは？」

ジェーンはピシャリと額を叩いた。「訊くのをすっかり忘れてた」

「どうして忘れたりできるわけ、ジェーン？　あれはこの事件のすごく重要なポイントだとあたしには思えるよ。あれは警告で、『次はおまえだ』というのは、前にも犯罪を起こしてるってことじゃない」

「そんなふうには全く考えてなかったけど、あんたの言う通りだね」ジェーンは言って、またソファにそろそろと腰をおろした。

「あたしも一時間くらい前に気づいたとこ。メルが帰るのを待つのがどんなにつらかったか、あんたには想像もつかないわ。邪魔しちゃいけないもんね」

「あたしは今からわざわざ電話して、彼に訊いたりなんかしないからね」ジェーンは言った。「メルは三つも事件を追ってて、ちょっと休もうと家に帰ったとこだもん。あのメッセージの重要性に気づかなかったなんて、信じられない。なんでだろ、この足の怪我が脳にまで影響してるのかな?」

「彼は他に何を言ったの?」シェリイがキッチンへ向かいながら訊いた。「コーラ飲む?」

「ううん、いい。あんたは勝手に飲んで」

ダイエット・コークとホイートト・スィンズをひと握り持って、シェリイが腰を落ち着けた時、ジェーンはメルとの会話を改めて考えていた。ミス・ウィンステッドに喋りすぎたことは後ろめたく思うけど、シェリイには全てを話すだろうし、それを二人とも自分の胸に収めておくのを、メルならちゃんとわかってる。実際のところ、ジェーン自身よりシェリイのほうが確実に沈黙を守ってくれるくらいだ。

「じゃあ、彼は講習会の誰かを疑ってるってこと?」シェリイが訊いた。

「疑ってるっていうのとは違うかな。万全を期して、もう一つ確認しておくべきことができたってくらいの感じ。念のためってこと」

「ただでさえてんこ盛りの容疑者を抱えてるみたいだもんね」シェリイは同意した。「だけど、あたしたちが会ってる誰かと、現実になんらかのつながりはあるかもしれない。ウルスラは見ての通りのイカれ女だし、三日おきに散髪してるみたいなジョーンズってやつは、ちょっとやそっとの変人じゃない。いとこのことで、もしミス・ウィンステッドが全くの真実を言ってるのだとしたら、イーストマン博士だってあんまりいい人とは言えないし。ミス・ウィンステッド本人も怖いな。あの怒りぐあいが」

「でも、ジュリーに怒ってるわけじゃないよ。それにあれは、怒って当然だから」ジェーンは言った。「あんたの言う通り、もしあの話が真実ならね」

「うん。それにしても、気の強い人だよね。ある人を破滅させてやると彼女が決めたとしても、あたしは仰天したりしないな」

ジェーンは笑った。「あんただって気が強いくせに!」

「だから彼女を見てると心配になるの」シェリイは微笑んだ。「冗談抜きで、あたしは無能とばかにはいらいらするだけ。生涯にわたる恨みなんて誰にも持たない。国税局は例外。例の公聴会を開いたあと、やつらの脅しはおべんちゃら寄りになったけど、それでも脅しは脅しだもん……」

「シェリイ!」前にもこの話を全部聞いているジェーンは叫んだ。

「あたしが言おうとしてるのはね、もしミス・ウィンステッドがばらす気だったら、それはイーストマン博士だし、ずっと昔にやってるはずだってこと。何十年も待ってる理由なんかないよ」

「ステファン・エッカートがなんらかのちょろまかしをしてるって、彼女はほのめかしてたけど、本当なのかな」

「あんなこと言うなんて、妙よね。ごく自然に、全員を疑ってるだけかもしれないけど。彼女にはどうにもならなかった講演者を、ちゃんと確保するような人間は特に。きっといらついただろうね。たぶん彼女って、人に指図して自分の思い通りになるのを期待してて、ステファンのような人間に、顔の良さと魅力だけで出し抜かれるのは、たまらないんじゃないかな。彼がジョージ・ステファノポロス（クリントン政権下でホワイトハウス広報部部長を務めた人物）にそっくりなの、気づいてた？」

「気づいてましたとも。でも何よりあたしが見たいのは、ミス・ウィンステッドのお庭」ジェーンは言った。「訪問した他の庭には、その庭を作った人の性格がちゃんと出てると思ったの」

「うわ、大変！　それならあたし、まずいことになる」シェリイが言った。「あたしんちの庭は、そもそもあたしの本物の庭じゃないもん。借り物なのに」

「それはうちもよ」ジェーンは澄ました顔で言った。「あんたの悪い例に倣って、あたしも園芸農場に電話をかけたのよね。あたしの庭は明日の午後に到着予定。しかも水廻りのオブジェまで注文しちゃった！」

「ジェーン！　嘘でしょ！　あたしたちって、なんてばかな真似をしてるんだろ。いいかっこしいなんかして、すごく後悔してる。きっと他の受講者は、あたしたちを見透かして軽蔑するのよ」

「なんで？　自分たちのすてきなものを人様に見てもらって、嬉しくないわけでもあるまいし。それによ、二人とも園芸農場に返却しないで、全部手元に置いときたくなるかもしれないじゃん」

シェリイは困った顔をした。「あたしも庭を見て回って、レンタルしたものをそのまま置いとこうと決めたんだよね。今じゃお庭がほんとにすてきなんだもん」

「なんて根性なしな二人」ジェーンは言った。「あたしなんて、小鳥用の小さな水浴び場を置いとくと、もう心に決めてるもんね。先週マイクが園芸農場を案内してくれた時に見かけて、すごく欲しかったの」

「じゃあ、自分のものにすべきよ」シェリイが威厳たっぷりに言う。

ふくらはぎの筋が引き攣れてきたので、ジェーンはあれこれ体の向きを変えて、もっと楽な姿勢を取ろうとした。「ウルスラの庭で好ましいと思えるものを見つけた数少ない受講者が、あんたとあたしとミス・ウィンステッドだったのを、あんたは変だと思った？」

「あたしたちには偏見がないから、あの庭のどこかを好きになるのも当然よ」シェリイが言った。「だけど、そうよね、ミス・ウィンステッドがメモを取ってるのを見た時は、驚いたな」

「あのメモを見ることができてたらって、思わない？」

シェリイはジェーンを見て言った。「何を言おうとしてるの？」

「もしかしたらあのメモは、庭に関するものじゃなかったのかも。それだけよ。ウルスラ自身のことだったのかもしれない」

「なんでそんなふうに思うの？　あっ、もし彼女が容疑者なら……」

二人してしばらく黙り込んだあと、シェリイが口を開いた。「あんたがとんでもない憶測をしたって、足のこと、松葉杖のこと、キプシー・トッパーのことなんかがあるから、いくらかは言い訳できるよ。でも、たとえメルが受講者を控えの容疑者候補だと言い張ったとしても、ジュリーが危害を加えられた件に、彼らが何か関係してると考える理由は、一つもないんだからね」

「たぶん、あんたの言う通りなんだと思う。でもジュリー・ジャクソンは、講習会の何人かを知ってた。イーストマン博士もその一人。それに、ステファン・エッカートとは、講習会の予定を組んでた。彼女の姉は講習会に参加してる。それに、ミス・ウィンステッドも、彼女と連絡を取り続けてた。彼ら以外の人も、ううん、ひょっとしたら全員が彼女を知ってたとしたら？　みんな近隣に住んでるわけだし、それも長年にわたってだよ。あたしだって町役場の会合で彼女に会ったことがあるし、彼女が誰なのか覚えてたもん」

「だけど、彼女といつも一緒にいるのを見られてた男たちのほうが、可能性が高いと考えるのが妥当じゃない？」

ジェーンは微笑んだ。「たぶんね。でも、あたしたちは彼らが何者か知らないから、彼らの噂話なんかまずできない。とにかくこの話をしてれば、忌まわしきキプシーとあたしの足のことは頭から消えてるもんね」

マイクの帰りはまたしても晩《おそ》かった。午後十一時のこと、自分の本に本日最後のカフェインレス・コーヒーのカップ、それから洗濯済みの浴用バスタオル、これらを抱えてどうやって階段を上がろうかとジェーンが考えていると、ケイティが凄まじい勢いで階段を下りてきた。兄弟への対抗意識から猛烈に怒っている。「マイクはあたしよりそんなに年上じゃない《マイク・イズ・ノット・マッチ・オールダー・ザン・ミー》」

「ノット・マッチ・オールダー・ザン・アイでしょ……」ジェーンは訂正してやった。

「どうしてあたしは、お兄ちゃんがやるみたいに、好きな時に出かけて帰ってきちゃいけないわけ?」

「なぜならあんたのほうが年下だから。それと、ママもこんなことを言うのはいやだけど、女の子だからよ。ここにあるものを上へ運ぶの、手伝ってくれる?」

「ママ! 完全に時代遅れじゃん! あたしは頭の悪い小娘じゃない。うら若き女性よ。ママが催涙スプレー缶と携帯電話さえ持たせてくれたら、どこへ行ったって絶対に安全なんだから」

「どこへでも行くための車、ってのを言い忘れたわよ」ジェーンは皮肉を込めて言った。

「忘れてないよ。マイクにはトラックを買ったくせに。なんであたしはだめなの?」

「まだ若すぎるから。それと、ママがトラックを買い与えた時のマイクほど、まだあんたの運転はうまくないから」

それは偽りのない真実だ。ケイティの安全運転の技術は進歩していない。運転している最中に、通りを歩いている男の子たちを見て、自分の口紅を確認するのに忙しいのだ。車をロックし忘れる。サイドブレーキをかけ忘れる。灰皿にチューインガムを捨てる。しかしジェーンは、そこまで正直には言いたくなかった。

一つには、ケイティが腹を立てて兄に嫉妬し、そういう指摘を自分から権利を奪うための口実だと考えるからだ。

もう一つには、ジェーン自身の生育環境が、ケイティのそれとは全く違ったからだ。ジェーンはもうすぐ二十歳という頃まで、運転を習ったことがなかった。彼女の家族だった外交官一家は、常にリムジンか鉄道かタクシーか飛行機で移動していたからだ。ひとつところに半年を超えて滞在することはなかったし、その程度ではどの場所にも慣れるには至らず、大学入学のためにアメリカへ帰国するまでは、とにかく運転する必要がなかったのだ。

いつも娘というものは、息子を育て守るより、こうも難しいものなのか？

ついでにいうと上の息子は、長年きわめて良識と責任ある行動をしてきたあとに、今になって道を踏みはずそうとしているのだろうか？

ジェーンは心底疲れた気がした。

口げんかを続けるのを止めたジェーンに、妙案が浮かんだ。「ケイティ、いいことを思いついたわ。コーヒーカップとタオルを上へ運んでくれたら、教えてあげる」

ようやくジェーンが寝室にたどりつくと、ケイティは母親のベッドに手足を伸ばして寝そべり、猫たちを撫で、紐を使ってからかっていたが、なおも不機嫌そうな顔をしていた。「それで、いいことって？」

「ジェニーと一緒に、夏休みが終わるまで料理教室に通ったらどう？　二人とも楽しいだろうし、ママにとっても、それがジェニーのご家族にあんたをフランスに連れてってもらったお返しになるわ。しかも苦痛と煩わしさが減ってくれるもの」

母親に対して怒ったままでいると固く決めていたケイティだったが、そのアイデアは確実に彼女の心を摑んだ。まだまだ続く夏休みが、ジェーンと同じように彼女にも重くのしかかっていたに違いない。

「二人分を払ってくれるの？　それと、あたしたちにここで練習させてくれる？」

おそろしい考えだったが、ジェーンは言った。「もちろんよ。使ったあと、自分たちできちんと掃除をしてくれるんならね。二人には、材料費も出すつもりよ」

なおも不機嫌なままでいようと努めつつ、ケイティは向こうへと歩きながら言った。「ジェニーにどう思うか訊いてみようかな」

しかし寝室を出たとたん、自分の部屋からジェニーに電話をかけようとホールを走っていく足音が、ジェーンの耳には聞こえていた。

16

「料理教室ですって！」翌朝、ジェーンがヴァンに乗るのに手を貸しながら、シェリイは大声をあげた。「すごくいい考え。デニスも登録できないかな？　あたしの足元からあの子を追いやるためだったら、なんでもするわよ。あたしがあの子たちを教室に送っていくし、あんたんとこのキッチンもちゃんと掃除させるようにするから」

「デニスの件はイエス、送ってもらうのもイエス、でも掃除に手出しはノー。結局自分でやらなきゃならないのは、あんたもわかってることじゃん。どんな仕事にも、整頓はついて回る。料理では、それが材料と同じくらい大事なことなんだからね」

「その通り。あんたの体全部と手回り品は、これでちゃんとヴァンに乗った？」

ジェーンなら前進する時にも出さないスピードで、シェリイが車路《くるまみち》をバックで発進しながら声をかけた。「マイクのトラックが戻った音がしたのは、夜中の十二時を過ぎてたけど」

「あたしは気づかなかった」ジェーンは言った。「朝の三時にふいに目覚めて、あの子が戻ってるか見にいったの。二階のホールにある忌々しい小テーブルの脚に松葉杖が挟まって、テーブルがひっくり返ったもんだから、家の者全員を起こしちゃった。子供たちはブウブウ言うわ、猫たちはばらばらになって走り回るわ、ウィラードなんか吠えまくって本格的な発作を起こしかけたくらい」

「あたしのおばのエレノアは、成人した子供の帰宅もちゃんと把握しておくべきだというのを、ルールにしてたなあ。彼女の家での基準は、彼女が決めることだと言ってたね。大学の寮や他の場所に住んでれば、ある時間までに帰るのも、帰った報告をするのも必要ないけど、それはどうでもいいの。ただね、自分の家にいる限りは、自分の子供なんだから自分の基準に従えってこと」

「それはちゃんと機能したの？」

「いとこのビルは三十歳で離婚してね、エレノアおばの家に引っ越して一カ月そこで暮らしたの。十一時が門限だった。一分でも遅れようものなら、おばは絶対に朝食を作らなかった。ビルは朝食のために生きてたんだよね」

「マイクと話をしてみなきゃ。あたしの権威筋として、あんたのその話をしていい？」

「どうぞどうぞ」

教室へは二人が一番乗りだった。少したつと、中国からのコンピュータおたくの移民が、ヴィザの取得を禁じられているという件で、ウルスラがミス・ウィンステッドと活発な議論をしながらやってきた。その説には、どういうわけかウィンザー王家も登場しているようだったが、中国移民がいいやつなのか、悪いやつなのかを推測するのすら不可能だった。しかし、エリザベス女王は明らかに悪役の側だった。ミス・ウィンステッドはすっかり何かに気をとられていて、うなずき、当たり障りのない音を発するだけで、頭からウルスラを追い出しているのは明らかだった。

ジェーンに眼を留めると、ウルスラはミス・ウィンステッドを見捨てた。「あなたのために、今夜のメニューは全部新しくしたわよ。きっとすごく気に入るわ。園芸農場で入手したライ麦の種を洗って乾燥させて、茶色く焦がしたら挽いて粉にするの。種の名前はグラス・シード（食用のライ麦と異なり、ライグラスなどの飼料用の植物の種）。プレイン・オールド・グラス・シード（グラス・シードの中でもあまり上等でない古いもの）。当然のことだけど、必ず殺虫剤を使ってないものにすること。これで作ったマフィンはね、豆腐にバターフレイバー（低コレステロールを謳うバター風味のオイル）を加えたスプレッドを塗ると最高においしいの。うちのはちょうど今焙煎してるところだから、今夜はそれを挽いて、パンを作ってあげるわね」

「いいえ」ジェーンはきっぱり言った。「興味深そうだけど、今日は娘とその友達二人が料理教室に行くことになってて、どんなものでもその子たちが出してくれるものを食べなきゃならないの。もちろん、生贄になるわけだけど、母親ならそうするしかないじゃない？」

「とてもいい考えじゃないの。町の向こう側に、料理教室を開いている健康食品のお店があるわ。電話番号を教えてあげる」ウルスラがバッグの一つを掻き回している間に、コンピュータ用ディスク、レンズがオレンジ色のとても大きいプラスチックのサングラス、ぼろぼろの化粧紙が次々に床に落ちていき、ようやく紙の切れっ端と鉛筆が出てきた。

「わたし自身も、そこの教室で時々教えてるの」ウルスラは、ジェーンに電話番号を書いた紙を渡しながら言った。ジェーンはその紙を折り畳んでポケットに入れる時、番号が書かれているのが、圧政に虐げられているメキシコ移民が自生の綿花で作ったブラジャーの広告の裏だったのに、気づかないわけにはいかなかった。

「ありがとう、ウルスラ」ジェーンは無理をして微笑んだ。

アーノルド・ウェアリングとチャールズ・ジョーンズは、きっと駐車場で偶然会ったのだろう。なにせ町議会に提出されることになっている動議について、すっかり話し込んでいるからだ。庭に置いたままにしていい水撒き用ホースは何色であるべきかという動議について、それは他の誰でもなく、その家の持ち主の決めることだと二人の意見は一致しており、ぜひ会議に出席して、その問題について発言するようにとお互いを煽っていた。

その二人のすぐ後ろにはステファンがいて、ドアの外で辛抱強く待っていると、やがて二人はようやくそこから離れた。ステファンはシェリイとジェーンの後ろに坐り、持ってきた数冊のファイルの処理に取りかかり、ぶつぶつ独り言を言いながら、書類に付箋を貼っていた。

ジェーンは彼の作業に割り込んで、ジェニーヴァ・ジャクソンが今日も来るかどうか、知っているかと訊いた。ステファンが答えて言ったことには、この場所に一番近い信号のところで彼女が追いつき、手を振ってきて、これから病院へ妹に会いにいくのだと告げたそうだ。病人を攻撃的にしかねないほどはしゃぎすぎる自分の励ましもかわせるほどに、ジュリーは良くなったからと。

最後に到着したイーストマン博士は、急いだせいで息切れがしていて、どことなく消耗しているように見えた。昨日あれから何か起こったのだろうか、それともミス・ウィンステッドの存在がついに彼を破滅に導きつつあるのかと、ジェーンは考えた。

イーストマン博士は受講者を見回して言った。「ジュリー・ジャクソン博士がこの講習会のために準備したメモを、お姉さんのジェニーヴァが見つけました。警察が捜索を終えたので、仕事場を片づけていたら、このファイルが出てきたらしい。というわけなので、今日のために私が準備した内容よりも、彼女がみなさんのために準備しておいたものの中から、いくつかをざっと見ておくべきだろう。その後、ミス・ウィンステッドとミスター・ジョーンズの庭訪問に出かけます。みなさん覚えているかな、二人はお隣同士です」

それから彼は、ジュリー・ジャクソンの講義だったものに取りかかった。明らかに初心者に合わせた内容で、イーストマン博士がしたどの話よりも、受講者にとってははるかに関心の持てるものだった。それを読んでいる彼は、基本的な要点ばかりなせいか、見るからに飽き飽きしている様子だったにしても。

シェリイとジェーンはうんとノートを取った。講義が土壌の状態から始まると、ジェーンは初めて何が酸性の土に育ち、何がアルカリ性の状態を好むのかということを、ようやく理解できるかもしれないと考えた。あとで忘れてしまうかもしれないが、ノートにはちゃんと明快なリストが残るだろう。イーストマン博士の声帯を通じて聞こえてくるジュリーの声は、明瞭で簡潔だった。アルファベット順に並ぶ、酸性の土を好む一般的な植物のリスト。それらをうまく生長させるにはアルカリ性の土をどうすべきか。次は日向と日陰の植物のリスト。ジュリーは言う。「ホスタはたいていの人が考えているより、日向にも日陰にも耐性がある」

ジャクソン博士は建前としては強い化学物質の使用に反対だったが、少なくとも除草剤ひと瓶は誰にでも必要であると認め、いつどこで使用すべきか、または使用してはいけないか、その毒からどうやって自分と大切な植物とペットと子供を守るかを説明していた。

さらに、子供やペットが食べかねないおそれがあるなら、庭に植えてはいけない植物を挙げた。その一番目はトリカブト。二番目はキョウチクトウだった。

ジェーンは猛烈な勢いで走り書きしていて、シェリイも同様にしていた。あとでノートを突き合わせ、お互いに足りないところを埋めよう。ジェーンは前に読んだミステリについて、シェリイに話したいことをメモした。その作品では、野外でのホットドッグ・パーティで、誰かがホットドッグに刺す無害の串の代わりに、キョウチクトウでできた串を渡されたのだ。あれを書いた作家は誰だっけ?

イーストマン博士はジュリーの講義メモをあまりに早口で読んだので、講義は息切れしそうな空気の中で早く終わった。何人かは話を戻して、質問をしたがった。「土壌を検査してもらうには、どうすればいいのかしら?」ウルスラが訊いた。

イーストマン博士の説明では、専門の園芸農場なら試験用キットを置いているかもしれないし、農務省に連絡して検査用具を提供してもらうこともできるということだった。

連邦機関への言及は、ウルスラにすんなりとは受け入れられなかった。「彼らが真実を言ってるかどうか、わかったもんじゃないでしょう? 政府の連中は、みんな嘘つきなのに」

ジェーンほどウルスラの哲学にまだ曝されてないイーストマン博士は、好奇の眼で彼女を見た。「土壌の酸性度のことで、どうしてあなたをだましたりする者がいるのかね?」

こう言われて、もういいわとウルスラは手を振ってみせたが、その動きのせいでどこかに身につけていた小さな使い捨てカメラが、居場所を失った。

ステファン・エッカートが問いかけた。「ジャクソン博士のメモには、池や流れを配した庭《ウォーター・ガーデン》について何か書かれてませんか? それと、この地域に最も適している植物についても?」

「ないと思うな」イーストマン博士は言った。「しかし、郡の出張所にはたくさんの情報があるよ。では講義はここまでにして、早めにミス・ウィンステッドとミスター・ジョーンズの庭へ出かけるとしましょうか?」

チャールズ・ジョーンズがすぐさま立ち上がった。「実に結構な考えです」

いい考えだと、ジェーンもシェリイにささやいた。それなら早めに家に帰れるから、料理教室の手配をして、レンタルの庭が到着する頃には、家に戻っていられるわけだ。

彼女たちが駆けつけたチャールズ・ジョーンズの家は、本人と同じくらいきちんとしていて退屈だった。前庭の芝生は、イーストマン博士の庭と同様にきちんと手入れされ、よく刈り込んであって、完全に左右対称のコロニアル様式の小さな家を囲んでいた。正面玄関に並行している常緑の灌木《かんぼく》は、完璧な箱形に刈り込まれている。舗道にも車路にも、まっさらのようにきれいな状態をそこなう木の葉一枚、草の葉一枚と落ちてない。

「ここに駐車してもかまわないくらい、あたしのタイヤがきれいだといいけど」シェリイは言いながら、ヴァンを車路にとめた。

今回ミス・ウィンステッドが二人とは別行動なのは、彼女の家が訪問する二軒目に当たっていたからで、講習会へも自分で車を運転していった。彼女は自分の家の車路に車をとめ、のんびり舗道を歩いていって二人を迎えた。「芝生の上を歩こうなんて、考えもしないことね」と忠告する。「どうやってるのだか、前庭には電線が巡らしてあってね。子供や犬が舗道から一歩でも足を踏み外そうものなら、眼を眩ませる照明が点くようになってるの」

チャールズ本人がわずかに遅れて到着し、客人が車路を使えるように、自分は箱形の新しいフォルクスワーゲンを通りにとめた。「全てをお見せしたくて、わくわくしてます」シェリイのヴァンの助手席から、よっこらと体を出そうとしているジェーンに声をかける。

「おうちのこちら側から回り込めばいいのかしら？」シェリイが訊いた。

「いいえ。ゲートはないんです。家の中を通り抜けていかないと」チャールズは答え、手を動かして彼らを玄関へと誘導した。そしていくつもの複雑な鍵を開けると、おそらくはさまざまな警報システムをオフにするためなのだろうが、そそくさと中へ進んだ。それからドアを開いたままにして立ち、同時に到着した他の人たち全員を迎え入れた。

ジェーンとシェリイはリビングルームを見回した。広いのにほとんど家具がなく、使われているのは中間色で、本棚はコンピュータのマニュアルで埋まり、装飾の類は全くなかった。箱形の家具は地味で、どことなくスカンジナヴィア風であり、まるで今も家具店に陳列されているままのように並べてあった。

チャールズは彼らを案内してホールを通り抜け、彼同様に染み一つついていないキッチンへ入り、勝手口から庭へ出た。

家の裏側のそこには、ほとんど芝生はなかった。だが、花壇はたくさんあった。家の中の家具と同じように、植物はまばらだ。標本植物が個別に植えられ、根覆い（藁、落ち葉、堆肥などで植物の周囲を覆う）ばかりが目立つ広大な場所だった。全域が格子状に割りつけられ、四角い灰色のブロックで小道を作り、植物一本一本に丁寧にラベルがつけてあった。

いかにもチャールズ・ジョーンズらしい。

ジェーンは苦労して小道を進み、みごとに丸い形をした面白そうな花をよく見ようと、前へ身を乗り出した。花は濃い赤で、その中心はほとんど黒に近く、雄しべが黄色い。〈モナクス・ヴェルヴェット／シンクフォイル〉とラベルにはあり、その下に発音できないラテン語名が書いてあった。そこの花壇に生えている植物は、それ一本きりだ。周囲には地面を覆うすてきな下生えすらなく、うんざりする根覆いがあるばかり。隣の花壇に植えられているのは、小さな株の〈デルフィニウム・アストロット〉とラベルには書かれている。皺っぽいピンクの花からなり、長く伸びている六本の花穂《かすい》は、ご丁寧にも全てに支えが立ててあった。これまた華麗に隔離されて美しく見えるが、やはり寂しそうだ。

「見てると、なぜこうも気が滅入るんだろ?」シェリイが静かに口にすると、その声は心底悲しげに響いた。

「それはね、おそろしく厳格に管理されてるから」ジェーンは言った。「全く非の打ちどころがない美しい花々なのに、立ってる姿は、それぞれの隊で整列して、写真撮影を待ってる兵士みたい。それに、庭をぐるりと囲んでるあの頑丈そうなフェンスを見てよ。哀れな花の牢獄って感じ。それぞれ自分の小さなむき出しの独房に入れられてさ」

庭の向こう側にいるウルスラは、完璧な枝ぶりになるように、拷問のように誘引されていたスモモの木を、紛れもなく痛ましげな眼で見ていた。ミス・ウィンステッドは、ホスタの一種である、巨大なブレッシングハム・ブルーを観察していた。その葉が重なり合っているさまは、理想的なホスタの絵のようだ。ミス・ウィンステッドが何かに苦しんでいるかのように、胸の前で細い腕を組んでいた。アーノルド・ウェアリングは前かがみになって、植物がなくなっている場所に残ったタグを読もうとしていた。どうやらその植物は、ジョーンズの基準には届かなかったために、処刑され、取りのぞかれたようだ。「ボタンだったのか」アーニーは誰にともなく言った。

「たぶんね、こっちが何をしてあげようとしても、せかせか動き回るような、大きくて豪華な花の一つなんです」シェリイが答えた。

自分の庭もある程度まで厳しく管理させているイーストマン博士さえ、驚き、落胆しているように見えた。

チャールズ・ジョーンズだけが微笑んでいる。「すてきじゃありませんか?」ステファン・エッカートに、ひと株の鮮やかな赤のタチアオイのことを言った。エッカートはうなずいただけで、隣の小さな花の独房へ移った。黄色いバラの大きな茂みが、緑色の金属の檻によって固定されていて、閉じ込められることに抗うのを諦めてしまっていた。

「こんなの耐えられない」ジェーンは言い、逃げ出すつもりで家へと引き返した。

「庭を見せてくれたのだから、あの哀れな男に、お礼を言う方法を考えなきゃね」シェリイは言いながら、ギクシャクと歩いているジェーンを支えるために、腕を差し出した。

「そうすべきだよね。彼は明らかに、自分のやったことに大満足してるんだもん」ジェーンは悲しい思いで言った。「信じられないと思わない?」

17

チャールズ・ジョーンズの庭のせいでひどく気持ちの沈んだジェーンは、とにかく家へ帰り、ファッジを一台丸ごと食べて、とびきり長いお昼寝をしたくてたまらなかった。一緒に逃げようとシェリイに頼み込んだが、こう言われた。「ミス・ウィンステッドのお庭を見なかったら、後悔するよ」

「後悔することになるように、彼女があたしに思い知らせるってこと？」

シェリイが笑った。「ううん、ま、彼女ならやるかもしれないけど。彼女とチャールズは、お互いの庭がこれ以上ないくらい違うことを、どちらも認めてた」小声にしているのは、ミス・ウィンステッドがほんの数フィート先に立っていて、みんなにお隣へ行くようにせき立てているからだ。

ミス・ウィンステッドの家に続いている舗道を行くのに、ジェーンは少し手を焼いた。南に向かってかなりの上り坂になっているのだ。一行は家を回り込むのではなく、玄関から中へ招かれた。その家は、ジェーンが強情な図書館員に予想していたものとはまるで違った。女らしいのに、力強い。壁紙は花模様だが、色は大胆。上等の家具が揃っていて、革張りの小さめのソファが二脚あり、現代風のダイニング・テーブルに、藤色とフェデラルブルーの座面にバルジェロ刺繡を施した椅子が合わせてある。対になっている椅子は、フランク・ロイド・ライトのものか、そうでなければよくできた複製品だろう。壁にはたくさん絵が掛かっていて、古典的なテーマのずいぶん古めかしいものもあるが、何点かはピカソ風のもっと現代的なものだった。それが混在していて、意外にもみごとに調和していた。

シェフ仕様になっている広々としたキッチンを通り抜け、一行は裏庭に出た。あまりに広いプロ向けのキッチンを目の当たりにして、まだ平常心を取り戻せないでいたジェーンは、ぽかんと口を開けた。

そこは、典型的な英国式コテージ・ガーデンだった。古い煉瓦敷きに緑の苔むす小道がいくつも延び、石を組んだテラスや、きれいに刈り込まれた生け垣がある。芝生の部分は小さかったが、広い範囲に夥《おびただ》しい花が植わっていた。背の高いクリーム色のみごとなタチアオイを背景として、その手前に多様な色のヤグルマギクが咲き、それをまた背景として薄い黄緑色の大きなホスタが清々しい群れをなしていた。ホスタがスレート敷きの小道にまで蔓延《はびこ》るのを、完璧に刈り込まれた、高さ六インチに満たない本式の箱形垣根《ボックス・ヘッジ》が食い止めている。

高さが同じ箇所はどこにもなかった。庭は右に向かってなだらかに下へ傾斜していて、ある地点には自然石を巧妙に使ったテラスが作られている。そこには、水がこぼれるさまを思わせるロベリアと、その背後にコーラル色のグラジオラスとススキを配してあった。黒っぽい御影石の板でできたテラスもあって、前面にピンクのヴァーベナが垂れかかるように咲き、その背後には、原木でできた格子に白のワイルドローズを伝わせている柵が並べてある。その柵は、少なくとも百年はたっているように見えた。

「驚いた?」ミス・ウィンステッドが訊いた。

「驚いたかですって? 唖然茫然です」ジェーンは言った。「ここはイギリスのケントかもしれない、シカゴじゃなくて」

「秘密の花園もいくつかあるのよ」ミス・ウィンステッドが得意げに言う。「見つけられるか、探してご覧なさい」

ジェーンは足のことを忘れるところだった。庭には、花壇の間を通り抜けて、家からは見えないいくつかの部屋へたどりつく小道があった。ジェーンがタチアオイの花壇に続く低い石段を苦労して上がってみると、その先は意外にもきちんと腰を下ろせる場所になっていて、男性の太腿くらいの大きさの幹から伸びた藤の天蓋の下に、緑がかった《ヴェルディグリ》青色のテーブルと四脚の椅子が置かれていた。

グラジオラスの向こうに隠れるようにして、もう一つ部屋があり、そこにはみごとな蔓植物が伸びていて、垂れ下がって咲くラッパ形の赤い花が、空間を覆っていた。

「あれが私の唯一の大失敗」ジェーンについてきたミス・ウィンステッドが言った。

「なんで失敗だなんて? きれいだわ! とても生き生きとして、あんなに色鮮やかで」

「でも凶悪なのよ」ミス・ウィンステッドが言った。「猛烈な勢いでひろがるの。葛に似てるけど、もっときれいよね。知り合いが、この植物を家のそばに植えたのだけど、それが根をおろして家の下へもぐって、地下室の壁の罅《ひび》割れから侵入してきたんですって。罅を入れたのは、明らかにこの植物。板の間をくぐり抜けて柵を引き倒し、他の花壇へ侵入するの。この秋に、できれば取りのぞくつもりよ。植える時には、この植物のことをよくわかっていなかったの。花と姿がとても気に入ったから、衝動買いをしてしまって。根絶やしにするには、たぶん何年も除草剤を使うことになるわね」

「残念」

「ええ、残念だわ。でも破壊者に庭を占領させるわけにはいかないの。さあ、池を見にいきましょう」

「池があるんですか？」

池は一番低い場所にあり、川で採取したかわいい丸形の石の上を水が流れてきて、そこに注いでいた。きれいに緑青《ろくしょう》をふいた銅のネプチューン像と思われる噴水が、像の持つ三叉の矛から水を噴き出していて、その下に浮かぶ睡蓮の周りにはにぎやかな色の金魚たちが、跳ねるように泳いでいた。黒色の金魚、橙色の金魚、大きな金色の二匹は本当に金鍍金《メッキ》の鎧を着けているかに見える。「あの二匹は鯉よ」ミス・ウィンステッドが言った。「残念だけど、いずれは別の住処を見つけてやらないとね。すごく大きくなると、鯉は他の魚を全部食べてしまうから。

それはもう巨体になるのよ」

二人が近づいてきたのに蛙がびっくりして池に飛び込んださまは、子供たちが膝を抱えて弾丸のように丸《キャノン》まり、プールに飛び込《ボール》む時のようだった。ほとんどの睡蓮はレモンシャーベット色で、それとは別の植物には、レースのような頭状花が放射状についていて、池の縁から垂れかかっていた。

「あれはなんです？」ジェーンは訊いた。

「ああ、ごく普通のパピルスよ」ミス・ウィンステッドが答えた。

「パピルスが本当に生えてるとこって、初めて見たわ」ジェーンは言った。「普通になんて全然見えない。この池、大変な手間がかかるんじゃないですか？　水は澄みきってるし、緑色のヌルヌルしたものが全くないもの」

「五日おきに濾過器フィルターの掃除をするだけなの。汚い作業だけど、天然酵素抑制剤を加えると酵素が藻を飢えさせて、水はきれいなままなのよ。それと、池の冬支度をしてくれる二人組がいてね。そもそも池を設置してくれたのが彼らだから、よくわかってくれてるの」

「冬支度？」

「秋になると池に網を張って、今私の後ろの庭にある樫の木の葉が水の中に落ちないようにするの——木の葉が水を酸性にして、そのうち腐らせて汚染するからよ。私の助っ人二人は、木の葉が全て落ちてからまたやってきて、木の葉と網とを持ち去るの。そのあと魚やカタツムリや蛙を捕まえて、水を張った大きなバケツに移したら、池の水を抜いて掃除をし、噴水の水を止めて、塩素を除去した新しい水を池に満たし、気泡発生装置を取りつけて水を清浄に保つ。そうやってメタンガスを取りのぞかないと、水中に籠って、魚や植物を殺してしまうからよ。そのまだ若い二人組だけど、私が気に入った材質のものを見つけるごとに、何年にもわたってテラスと小道とを作ってくれたのも彼らなの」

「石を買いにいくんですか？　どこへ？」

ミス・ウィンステッドはいくらか憐れむようにジェーンを見て、言った。「石問屋よ。石の配達もするたいていの園芸農場に入っている石問屋にあるのは、いかにも作り物って感じのゴミだけど」

「あなたに池のお手伝いをしてくれる人がいらして、幸いだわ」ジェーンは言った。「でもお庭作りは、きっと全部ご自分でなさってると思うんだけど」

ミス・ウィンステッドは驚いた顔をした。「もちろんよ。庭は全て私の趣味に合わせるのだから、私以外の誰が私の趣味を知っているというの？」

「煉瓦に生えた苔を枯らさないためには、どうすればいいのかしら？　ずっと苔の箱庭を作りたいのに、誰にも信じてもらえないくらいあっという間に枯らしちゃうんです」

「水のままはだめ、霧吹きを使うに限るわ」ミス・ウィンステッドは言った。「それから、必ず日陰の涼しい場所に置くこと」

「あんたがそうしたい時には、ちゃんと歩き回れるとわかってほっとした」池のそばにいる二人に合流して、シェリイが言った。「自分には何もできない、なんてことをあたしに信じさせようとしたら、今日を思い出すことにする。ミス・ウィンステッド、ここはあたしが今まで見た中で、最高に美しいお庭です」

ミス・ウィンステッドは一瞬だけ得意げな顔をして言った。「心からどうしても何かを欲しいと思う人は、それを手にするためにはなんでもやるわ。この庭にはとても手がかかるけど、とにかく楽しいもの。もし私が南の地方に住んでいて、一年中雑草や虫と張り合わなくてはならないのだったら、庭作りじゃなくてアパート暮らしをするわ。唯一の植物は、窓辺のスミレってことになるでしょうね」

「どうしてです?」シェリイが訊いた。

「それはね、晩秋になって、庭を眠りにつかせるのをすごく楽しみにしてるからよ。うまく育たなかった植物を引き抜いて、球根を植え、繊細な植物には根覆いを施す。そうしたら、冬の間じゅう何も作業をしないで、翌年の春と夏の計画を練るの。あとは、夢中にさせてくれる植物カタログが届くのを待っているだけ」

他の受講者たちも池のほとりに集まってきた。ミス・ウィンステッドはちょっとだけ姿を消し、魚の餌が入っている小さなパッケージを手に戻ってきた。その餌を、金魚と鯉は飢え死にでもしそうな勢いで口をひろげ、がつがつと呑み込んでいる。その狂態にアーノルド・ウェアリングは微笑み、チャールズ・ジョーンズもまたそうした。だがすぐに、彼は微笑みを台無しにすることを口にした。「ほら、ミス・ウィンステッドとぼくの庭は大違いだと、言ったじゃありませんか?」

なんとも自慢げな言い様だった。他の受講者がどれほどミス・ウィンステッドの庭に惚れ込んだかなど、全く感じていないらしい。あるいは、彼自身の庭がいかに気を滅入らせるかということにも、まるで考えがおよばないようだった。

ステファン・エッカートは夢でも見ているかのごとく、満足げに瞼を半分閉じていた。ウルスラまで感動していた。「これこそ、こんなふうにしたいと思ってたわたしの庭そのものだわ」と、この時ばかりは静かに言った。

イーストマン博士が言った。「みごとな作品だね、ミス・ウィンステッド。この庭がここにできてからどのぐらいになりますか?」

「この秋でまだ五年にしかなりませんわ」彼女は答えた。「どこに壁を、小道を、それに生け垣を作りたいかと決めるのに二年間を費やしているので、それを勘定に入れなければね」

「それこそ、本物の庭師による本来の手法だな」イーストマン博士は言った。「忍耐を重ねて時期を待ち、先を見て計画し……」

「そして純然たる悪意に満ちて、よい結果を出さないものはなんであれ、誰であれむしり取る」ミス・ウィンステッドが言った。

イーストマン博士は青くなったが、言葉は返さなかった。

18

「うわあ、あれは怖かったなあ」シェリイのヴァンによいしょと体を入れながら、ジェーンは口にした。

「あたしたちに向けられた言葉じゃなくて、ほっとしなかった？」シェリイがぶるっと体を震わせて言った。「あたしがイーストマン博士だったら、即刻新しい警備システムを設置するとこよ。急いで家に帰らないとね。あたしは、女の子たちを料理教室に連れてかなきゃ。講座には何日か遅れてのスタートになるけど、次のコースで追いつけるだろうし。先生の話によると、どのコースでも初日は同じことをするんだけど、次の日からは違うレシピを教えるんだって」

「つまり、あの子たちはこの夏休みが終わるまで、ずうっと授業を受けられるってわけ？」ジェーンは叫んだ。「ところで、この最初のコースの授業料っていくらだった？　あんたにお金を返さなきゃ」

「一日につき五ドルぽっきり」シェリイは答えた。「ただ、受けなかった何日分かの授業料は、払わなくちゃいけないけど」

ジェーンからもらった小切手をポケットに入れると、シェリイは彼女をほうって娘たちを呼び寄せ、車を走らせて三人目の女の子、ケイティの親友ジェニーを拾いにいった。ジェーンはこの夏、子供たちを相乗りで送迎するのに、運転しないよい言い訳ができたのを喜んだ。トッドが運転できる歳になると同時に、眼の見えない子供たちを週に一度特別な学校に送っていく時は別として、相乗りの運転は終わりになる。二年前に、相乗りのグループで腕を骨折した女の人がいて、その人の分も運転したことがあったが、今はこうしてあの時の女性と同じ立場で、運転ができるようになるまでお休みをもらっているわけだ。

遠い先のことを考えるのはもういい。一寸先のことがジェーンにのしかかっていた。

園芸農場の従業員が即席の庭を配達してくれる前に、彼女はある作業をしなければならないと思っていた。勝手口を出ると、ガレージでうんちすくいスコップを探した。それをパティオのテーブルのそばに置くと、たっぷり十五分かけて、ゴミ箱をパティオまでぼちぼちと運んでいった。うんちすくいを、彼女はどういうわけか男の先天的な仕事だとずっと思ってきた。そしていつもマイクかトッドにやらせた。しかし、今日はどちらもいないのだ。ケイティまで出かけている。そんな頼みを、ケイティが聞いてくれるわけではないけれど。

ジェーンは庭を移動して回る間に、松葉杖の先っぽをシマリスの巣穴に刺してしまったり、落ちている木の枝の上におろしたばかりに、杖を向こうへ転がしてしまったりした。それでも芝生の上のうんちをくまなく探して回る間は、なんとかまっすぐ立っていた。マックスとミャーオは、家の裏の空き地でネズミ狩りをしてきたばかりで、ジェーンにつきまとうためにお気に入りの活動をやめたのだった。

「あんたたちはお利口な猫よね。うんちは、どっかよそでやんなさい」

了解とばかり、マックスが脚に体をこすりつけようとしてきたが、ジェーンがうっかり松葉杖を動かしてしまうと、命からがら逃げ出した。

さっきのゴミ箱を、ジェーンがどうにか運んでガレージに戻した時、大型トラックが家の前にとまった。最初にトラックから出てきた男は、リフトを下げて、大きな箱を台車に載せて降りてきた。「この商品はどこに置けばいいですか、お客様?」

「それは小鳥の水浴び場の噴水なの? 庭の真ん中、だと思うわ」

「これは電気を使うんです。ものすごく長い電気コードはお持ちですか?」彼は言った。

ジェーンは考えた。今のは皮肉だろうか、それとも彼にはまっとうな考えに思えるおとぼけなのだろうか。

「ああ……いいえ、ないわ。パティオまで届かないとだめなのよね。勝手口のとこにコンセントがあったはず。あたしったら、噴水がどうやって動くものなのか、考えたこともなかったから」

次にトラックから降りてきたのは、ジェーンの息子マイクだった。にやにやしている。紫と白のインパチェンスが植わっている鉢を抱えて、彼女のそばを通り過ぎる時言った。「見せびらかし屋さん、これはどこに置くの?」

ジェーンは――毎度のことながら――注文した品のリストを作ってあった。病的なまでのリスト書き屋なのだ。それも、リストにないことをする時には、線を引いて消せるように、わざわざ書き加えるタイプのリスト書き屋である。それにしても、庭の見取り図はひどい代物だった。四角形ではなく、台形に近いものになっている。

「その大きな鉢はパティオの左側の一番奥。小さいほうはテーブルの上ね。テーブル用の新しいパラソルも、持ってきてるはずよね?」

ジェーンはマイクに見取り図を渡して、小鳥の水浴び場の噴水を設置している従業員のほうを見にいった。数多くの部品として届いていたそれは、全部がちゃんと組み合わさるようには見えなかった。そこにあるのはポンプ――だろうと、とにかくジェーンが推測したもの――やチューブ類や締め具類やネジ類だった。組み立てている男は、取扱説明書には眼もくれない。この手のものを相当数こなしてきたに違いなかった。彼は水準器を持っていて、下の水盤を設置し、その下に小さな平たい石をいくつも押し込んでいきながら、きちんと固定されているのを確かめた。そんなことをするものだとは、ジェーンは思いつきもしなかった。

これはうんちすくい同様、男に任じられることなのだ。とはいえ、自分のギプスと松葉杖が、なんの役にも立てないことのよい口実になったのを、この時もジェーンは喜んだ。一時的に体の自由が利かないことにも、少しはメリットがあるわけだ。

噴水を組み立てているその男はしかし、気づかなかったようだ。なにしろこう言われた。

「ホースを持ってきてください。彼女に水を満たして、ちゃんと作動するか確かめるので」なんで男って、電化製品を女だと考えるんだろ？　ジェーンは考えた。二週間前に食器洗い機の修理に来てもらった修理業者も、同様のことを言った。

ホースが巻いてあるリールのところへ、ジェーンはよろよろと歩いていくと、ポタポタ落ちる滴に袖口を濡らしながらスプリンクラーからホースをはずした。それをパティオまで引っぱっていく間に水がズボンにかかって、そのままギプスの中へ滴《したた》り落ちた。

それでもがんばった甲斐はあった。噴水が循環し始めたのを見たとたん、嬉しくなった。上部の水の出口は隠してあって、そこから澄んだ水がゆっくりゴボゴボと流れ出し、少しずつ最初の水盤に滴り落ちて、やがてそれを満たすと、滝のように幾筋にも分かれて二番目の水盤に落ちていく。こんなふうに美しく流れていく水音の、なんと耳に快いことか。

ジェーンが噴水の取りつけ作業員を見守り、ホースをひっぱり回していた間に、マイクとまた別の若い従業員はびっしり花の詰まったプランターを、彼女の出来の悪い見取り図が指定している場所へ置き終わっていた。噴水にくるりと背を向けた彼女は、パティオがそれはそれはすてきになっているのに驚いた。美しい鉢に植わった花々が、さまざまな色でパティオを埋め尽くしている。借りたりせずに、丸ごと手元に置いておくべきだと自分を納得させることになりそうで、ジェーンは情けなくなった。こうなったパティオはあまりに心をそそるのだ。いつの間にかテーブルに眼をやって、花の色に合うグラスと小さなランチョン・プレートを買おうかとまで真剣に考えていた。

見せびらかし屋め、とジェーンはつぶやいた。

従業員たちは半時間のうちに、もうほとんど帰る用意ができていた。マイクと同様に夏の間のアルバイトで働いている一人が、やる気のない様子でパティオの外へ落ち葉を掃き出しながら、どうして怪我をしたのかと訊いてきたので、ジェーンはファッションショーの最中に、花道から落ちたのだと答えた。これを小耳に挟んだマイクが、ジェーンの肩を拳でぐりぐり突いて笑う。彼はシェリイが買ってきてくれていたドーナツの箱を漁って食べ、他の従業員にも分けた。

「ママ、ここ、ものすごくいい感じだよ。こんなふうにしてくれて、俺も嬉しい」マイクが言った。「お金を払って、鉢植えをずっと置いとくつもり？」

ジェーンはうなずいた。「そうなってしまうわね。おそろしく高くつくけど、ものすごくすてきなんだもの。明日の夜、芝生を刈ってくれるわよね？　あそこで誰かを見失うようなことになるのは、ごめんだわ」

ドーナツがなくなってプランターの水やりも終わると、噴水担当の従業員が、噴水を管理するための手引書の束をジェーンに渡した。

「ごく小さい魚をほんの二、三匹なら、あれに入れても大丈夫かしら？」金魚のひらひらした動きが、あの噴水を今以上にどれだけすてきに見せてくれるかを考えながら、ジェーンは訊いた。

男は、頭がおかしくなったのかとばかりにジェーンを見つめた。「魚はあれを汚すし、餌はやらなくちゃならないし、それに冬の間はそいつらをどうするつもりですか?」

いい指摘だ。

「ママ、悪乗りしないように気をつけないと」マイクが忠告した。「あのファッションショーの花道でも、側転で進もうとしてどんな羽目になったか思い出してよ」

ジェーンのドーナツを食べて元気の出た従業員たちが去った。するとようやく猫たちが、隠れていた空き地から姿を見せた。慎重にうろうろ歩き回りつつ、見慣れないもののにおいを片っ端からかいで、それらの鉢植えが敵なのか味方なのかを判断しようとしている。ジェーンはパティオの椅子によっこらと腰をおろし、椅子の背にもたれると、会心の笑みを浮かべてあたりを見回した。受講者の中で、本気で庭作りをしている人の眼は欺けないだろうけど、とてもすてきなのだからかまうものかと思った。

ウエスト・ポーチに入れて苦労して外へ持ち出したジュースをちびちび飲みながら、ジェーンは午前中の庭訪問のことを考えた。ミス・ウィンステッドの庭は壮観だった。あんな庭を持てれば、ただもう嬉しいだけだろう。だが、とてつもない労力が必要になる。石を買い、人を雇えるほどのお金を持っていることも、それを実際に使うことも、ジェーンには考えられないからだ。

彼女の思いはおのずと庭訪問の終わりの頃に移った。庭を作る者を納得させないなら、なんであれ、誰であれむしり取るという言葉を、ミス・ウィンステッドが口にした時のことだ。あれは、イーストマン博士と亡くなった妻の関係を意味するのだろう。シェリイが警備システムを設置すると言ったことも、ジェーンは考えた。ミス・ウィンステッドがイーストマン博士にとって肉体的な脅威になるとは思いもしないが、精神的には相当な脅威になっている。ジェーンは想像してみた。自分を憎悪するあまり、どの講演会にも必ず現れて自分を小ばかにし、個人的なことに触れて嫌味な発言をする。特に他の人もいる場所で。そんな人間がいたら、どれほどおそろしいことだろう。

彼女は別の椅子に両脚を上げて、さらに別の椅子にそうっと松葉杖を載せると、眼を閉じ気味にして——ミス・ウィンステッドの庭のようになっている自分の庭を、思い描こうとした。

パティオの椅子で、ジェーンが首の筋を違えながら眠り込んでいたところに、シェリイが車から娘たちを降ろした。寝ていたのを見られ、それもパティオの椅子にぐたりとなったしどけない姿だったので、ジェーンはきまりが悪かった。

「ママっ!」ケイティが言った。「チキン・コルドンブルーの作り方を習ったんだよ! あたしたちが今夜作ったげる。ミセス・ノワックが食料品店に寄ってくれて、あたしたちに材料を買わせてくれたんだ。二十三ドルと六セント、ミセス・ノワックに払っといて」

娘たち三人は、ティーンの女の子にしか我慢できないキイキイ声で笑った。シェリイがのんびりとジェーンの庭に歩いてきた。「眠ってた？　ほんとにナマケモノ化してるんだ」

「眠ってたって、どうしてわかるわけ？」

「首の後ろのとこに、椅子の一番上の端っこが跡になってついてる。みごとにワッフルみたいに」

「ハイ、ハイ。そうよ、ちょっとうたた寝してました。ねえ、この庭どう思う？」

「とってもすてき。フェンスのそばに灌木《かんぼく》まで置いたんだ。あれは何？」

「ホウキギ。マイクがこれもって、他のものに加えたの。きっと気に入るからって。あたしには全く面白味がないと思えるけど」

「すごくすてきになるよ――ちょっと小さくても――秋にはね」シェリイが言った。「スージーが家の横手の庭にこういうのを植えてるの」

「ああ、あれはすごくいい灌木だ。なんて名前なのか全く知らなかったから。あんたにまたお金を立て替えてもらったよね」

「ううん、今日買い物した分は、先週あんたが受け取りにいってくれたポークローストと同じくらいなの。あのお金をまだ返してなかったから」

「あの子たちにチキン・コルドンブルーが作れると、ほんとに思ってる？」

「あたしが監督した場合に限りね。そうするつもりよ。しばらく前に、デニスがスクランブルエッグを作ろうとしたことがあって、ボウル五個とフォーク三本と泡だて器も十六個ばかり使ってくれたのよね。それ全部をカウンターに置きっぱなしにして、ガビガビになってた。料理経験のない女の子が三人いたら、あんたのキッチンは壊滅するかもよ」

ジェーンは苦労して立ち上がり、松葉杖を摑もうとしてテーブルから花の鉢を突き落としかけた。「いつまでも上達しないままだ」

「そのうちうまくなるって」シェリイは言って勝手口から中へ入り、残されたジェーンは一人で中へ入り、空になったジュースの缶も自分で持っていくことになった。

キッチンにいるシェリイの声が、ジェーンにも届いた。「デニス！　ボウルをそのままにしとかないのよ。洗って、またそれを使いなさい！」

19

少なくともジェーンとシェリイからすると、チキン料理の夕食はほどほどの成功でしかなかった。女の子たちが焼けぐあいを確かめに、あんまりしょっちゅうオーブンを開けたので、包丁を入れてみた時には、ほんの少し焼けてないところがあった。

「鶏肉は完全に焼けてないとだめなのよ」ジェーンは三人に忠告した。「最後の仕上げに、せめて電子レンジに一分入れなさい」

「電子レンジ？」母親が卑猥な言葉でも口にしたかのように、ケイティが叫んだ。「フランス人は電子レンジなんか使わないよ。あれだとお肉が革みたいになっちゃう」

ジェーンは答えた。「フランスは、電子レンジを使ってすばらしい料理を発明した最初の国の一つよ。そんなこと、誰でも知ってると思ってたわ」

とっさの思いつきによる作り話だったが、ジェーンは堂々と自信を持って言ってのけた気がしていた。

「フランスに住んでたんでしょ？」シェリイの娘のデニスが訊いた。

「何度か住んで、通算すると数年にわたるわ」ジェーンは言った。賛成票が一票だ。

「あたしの先生が言ってたのとは違うもん」ケイティが言い返した。反対票が一票。

「フランスで料理を食べたことがあるのか、その先生に訊いてご覧なさいよ」シェリイが提案した。

「あなたたちのやる気を挫《くじ》く真似はしたくないけど、鳥類はほんとにしっかり焼く必要があるのよ。ケイティにそこまで強い思い入れがあるんなら、あと少しでいいからオーブンに戻しなさい」ジェーンはアドバイスした。

「でも待ってる間に、ブロッコリが冷めて水っぽくなっちゃうよ」

「あたしは冷たくて水っぽいブロッコリが大好き！」シェリイが言った。

「あたしも」ジェーンも言った。

女の子たちが言われた通りにしたので、チキンに少々熱が通りすぎていたにせよ、夕食はまあまあうまくいった。ただ食べるのではなく、よく嚙まなくてはならなかったが、味はよかった。だから食感には触れずに、心から子供たちを褒めてやることができた。

ジェーンがテーブルから顔を上げて椅子の背にもたれると、椅子の後ろに立てかけておいた松葉杖が床に倒れた。「失礼」と声をかけて、それを拾い上げた。「さあ、洗い物の時間よ」

「あたしたちが食器洗い機に全部入れるよ」ケイティが言った。「その後、映画を見にいくから」

ジェーンは首を振った。「お皿を洗い終わって片づけるまではだめ。それも料理のうちよ」

シェリイがジェーンを脇へ連れ出してささやいた。「あの子たちに料理を習わせたいんなら、一連の作業の中でのいやな部分については、ちょっとくらい大目に見てやらなきゃ。せめて最初くらいは」

ジェーンは笑った。「あの子たちにボウルを洗わせて、また使わせてたのは誰だっけ？ あたしじゃないけどな」

「でも……」シェリイは思いとどまり、にっと笑った。それから女の子たちに言った。「さっさと手洗いして拭いてしまえば、映画には充分間に合うわよ」

女の子たちが流しで皿をぶつけあっている音を聞かないですむように、ジェーンは外へ出なくてはならなかった。シェリイが二人分のコーヒーを持ってきて、パティオのテーブルを挟んでジェーンと向き合った。「あの子たち、もう何か壊した？」ジェーンは訊いた。

「塩入れだけ」シェリイが答えた。

「なんで塩入れを洗ってたの？」

「洗ってたんじゃないよ。邪魔になってぶつかっただけ」

ジェーンはため息をついた。「いい考えだと思ったんだけどな。今はみんなしてプトマイン中毒にやられちゃうんじゃないかと思ってる」

「たぶん、明日の課題はデザートになるんじゃないかな」シェリイが言ってみた。「デザートなら中毒になりようがないよ」

「クリームが悪くなるかもしれない」

「なんでそんなに暗くなるのよ？」

「あたしのキッチンだから。あの子たちがあんたのキッチンを壊してるんだったら、あんたが暗くなってるとこよ。床にネバネバしたものなんかつけたら、ちゃんと洗い落とすようにって、あの子たちに言ってくれた？」

「モップを渡しといた」いつもよりやや明るめに、シェリイは言った。「こんなに植物があるとこに、こうしているのはほんとに気持ちがいいね。ジェーン、あたしたちも庭作りを習うべきだと思う。あんたんちのフェンスに白とピンクのオビーディエント・プラントがひろがってるのを想像してみてよ。すごくきれいだと思うな」ジェーンを元気づけようと言い添えた。

「オビーディエント・プラントって？」

「花が槍先の形をしていて、低木のような生え方をする植物よ。秋によく咲いてくれる数少ない花の一つ。母が何年も育ててるの。喜んであんたのために掘り起こして分けてくれるはずよ。すごくひろがりやすいから、毎年秋になるとバスケットに入れて人にあげてたの。そうしないと庭全体を乗っ取られてしまうから」

「そう聞くと、あんまり従順《オビーディエント》には思えないけど」

「従順って名前はね、どっちでも向かせたい方向に向いてくれるからついたらしい。コスモスを合わせるととてもいい感じなの。コスモスのほうがずっと早く咲き始めて、霜が降りる頃までもつけどね」

「明日は誰のお庭を見にいくんだった？」ジェーンは話題を変えた。庭の一部を耕して本物の花壇を作るという発想は、今のところは考えても気力をなくすだけだ。だけどたぶん後日、もうギプスに拘束されなくなる日が来たら、その発想はもっとよく思えるだろう。

「アーノルド・ウェアリングとステファン・エッカートの庭よ。ステファンは庭があるとも言ってないけど。作りたいってだけで。レンタルもできるのよって、教えてあげればよかった。たぶんあたしたちと彼とで協力し合って、植物カタログを見ながらアイデアを出し合うべきかもしれない」

「気の毒なアーノルドお爺さん、妻の庭を維持していこうとするなんて。彼にはきっと大変な日課だよ」

「好きでやってるのかも」シェリイが言った。「たぶん彼にとって、それが妻の思い出を生かし、育てる方法なんじゃないかな」

「庭は、その庭を作った者と共に死ぬべきだって、誰かから聞いたことがあるの」ジェーンは言った。「アーノルドと同じで、あたしだってそんな考え方はいやだな。家を建てて住んでた人が死んだからって、その家を解体するようなものだもん」

「今夜はそんないやなことばかり考えてるじゃない。本当は何が問題なの？」シェリイが訊いた。

ジェーンは肩をすくめた。「世の中から逃げてるの。何をするにも、ものすごく難しくなってて、もううんざり。自分で運転する自由もなくしてる。脚ごとしっかり包まなきゃ、シャワーも浴びられない。それに夜寝返りを打ったびに、ギプスをいいほうの脚にぶつけちゃう。あたしの毎日の暮らしに、それにギプスがこれほどまでの打撃を与えるとは思いもしなかった。しかも痒くてたまらないし。ギプスが取れる時、あたしの脚がどれだけ毛深くなってるか考えてもみてよ」

「その日はロングスカートを穿いてって、ギプスが取れた瞬間に、足首までスカートをおろせばいいの。それまで長くはかからないよ」シェリイが言った。「だって、そんなにひどい骨折じゃなかったんだし。きっと三、四週間でギプスは取れるって。それに、あんたに行く用があるんなら、どこへなりとこのあたしが喜んで運転してってあげる」

それを聞いてジェーンは笑った。「それは今回の経験でも、最悪なほうに入るってば！」

「あたしの運転はそんなにひどくないわ。あたしが原因の事故なんて、一度もないんだからね」シェリイは弁解するように言った。

「あんたはおそろしいドライバーだって。わかってるくせに。どの道を走ろうと、そこを支配することを自負してる。車のキーを渡したとたん、あんたはフン族のアッティラ王となって、西洋世界の幹線道路征服にかかるんだよね」

「何よ、意気地なし」シェリイが言った。「あんたって、冒険心のかけらもないんだから」

勝手口のドアが開いた。メルが声をかけてきた。「女の子たちから、きみたち二人はここに隠れてると言われてね。ジェーン！　この庭、何があったんだ？」

「心が折れちゃって、シェリイの真似して庭を半分ほど借りたの」

「すごくいいじゃないか」彼は女二人の間の椅子に腰をおろし、ジェーンの腕を軽く叩いた。「元気のない顔だな」

「どうも。あたしはこの足の慰め会をやってるとこよ」

「子供の頃に骨折しなかったのが惜しいな。その頃なら、ギプスをするのは名誉の証なのに」

せめて明るく振る舞おうと、ジェーンは無理に心に決めた。不満を言ったって、誰も真剣には受け止めてくれてないのだから。「ギプスが取れたら、シェリイはあたしに本物の花壇を作らせる気でいるの」

「いいじゃないか。俺も手伝うよ」

ジェーンは彼に向いて顔を見た。「どんなふうに？　なんで？」

「一度、いや二度の週末に、男の出番になる機械を借りてみるのも楽しいさ。溝掘機《トレンチャー》やホイール・ローダー、そういうやつをね」

「それって、ほんとに男の機械なんだわ。あたしには、何をするためのものかもわからないもの」ジェーンは微笑んだ。「それに、うちの猫たちを縮み上がらせそうな響きだわ。ジュリー・ジャクソンのことだけど、今日はどうだった？」

メルが答えた。「体は良くなってきてる。襲われた時の記憶は戻らないままだ。病院としては、姉夫婦が彼女の家に数日泊まって、注意深く様子を見守れるのであれば、ぜひ退院するようにということらしい」

「彼女が良くなってるのは嬉しいわ」ジェーンは言った。「でも、本当に訊きたかったのは、事件はどうなってるのかってこと」

「今日は、おおかた別の事件にかかりきりだったんだ。イーストマン博士に何度か接触を試みたんだが、全く家に帰ってないようだな。三、四回も電話をかけたから、応答してくれた少年をずいぶん混乱させてしまったかもしれない。ご主人がどこに行ったか、あの子は今心配してるよ」

「あなたは心配じゃないの？」シェリイが訊いた。

「別に。なんで心配する必要があるのかな？」

「だって、あの講習会で教えるはずだった女性が重傷を負ってるんだし、その件が講習会となんらかの関係があったとしたら？」

「しかしね、ジェーン、彼女はずっと論文や記事にしてきたことを教えてるのに、いったい誰がなんでそうさせまいとするんだ？」

ジェーンがとてもいやなのは、メルが全く筋の通ることを言い、自分がそれにまともに答えられない時だ。

「彼には今夜連絡を取るよ」メルが言った。「北にある家に、車を運転して帰ってるだけかもしれないしね。あの少年はそう考えてた」メルは家に眼を向けた。「夕食の残り物が何かあるかな？　今日も昼を食べてないんだ」

「革っぽいチキンがひと切れ」ジェーンは言った。

「ファーストフード店に寄ることにしよう」メルは言って立ち上がった。何かに気をとられている様子のジェーンにキスをした。「元気を出せよ、ハニー」

メルが行ってしまうと、シェリイとジェーンはしばらくお互いを見つめ合った。

「あたしとおんなじことを考えてる？」シェリイが訊いた。

「うん。イーストマン博士はどうしちゃったんだろ？」

20

その夜八時、ジェーンが手作りの餌を猫にやっていた時、呼び鈴が鳴った。またアーニー・ウェアリングだった。今回はクロック・ポットを使った、ダーリーン考案の三種の豆と玉葱とハムの料理が重量感のあるプラスチックの容器に詰められ、タオルでくるんであった。

「こんな夜晩《おそ》くに寄らせてもらって、すまないね」彼は言った。「庭訪問が終わってからこいつに取りかかって、出来上がるのを待ってたもんだから。もう夕食は終わってるだろうけど、次の日に温めると実にうまいんだ」容器を置いてタオルをはずした。手作りのクラッカーまでついていて、密封されたプラスチックの袋に入っていた。

ジェーンは感動した。「アーニー、あたしを太らせるつもりなんですね。充分太ってるのに。でもほんとにご親切に。それにとってもいい匂いだわ」

「あんたはいくらか太ったほうがいいとも。ダーリーンがぽっちゃりめなのが、わしはいつも嬉しかった。そのほうがもっときれいだったよ」

「女性には、確かにそういうタイプの人もいるようだわ」ジェーンは言った。

アーニーは続けた。「これは妻お気に入りの料理で、わしの好物でもある。妻は毎週水曜日になると、夜にこいつを作った。今日もその水曜日だ。わしも水曜日になると、必ずこれを作るんだ」

ジェーンは胸が苦しくなった。こう言いたかった。ダーリーンは逝ってしまったのよ。どうか自分の人生を生きてください。

そんなことを言ったところで、彼の気持ちを傷つけるだけだろう。彼は妻の思い出にこだわり、妻が生きていた頃の二人の暮らしをなぞって暮らしている。そうすることがおそらく彼を生かし、動かし、彼の日々を少しでも幸せにしているのだろう。ひょっとしたら、そういう生き方だけが、彼自身の人生と言えるのかもしれない。

「奥様が亡くなられたのは、どのくらい前のことですか？」ジェーンは無神経な質問にならないことを願った。

「四年と三週間前だよ。あんたに妻を知る機会があったらなあ。この世で最高の女だったんだ。小柄だが力は強かった。それに頭が良くてね。いつも本を読んでたな。それに妻の庭は美しかった。あれが残していった時のままにしようと、そりゃあがんばってきたが、どうにも庭作りは下手でね。あれの植物がひどい状態になってしまって、見ると悲しくなる」

「明日あなたのお庭を訪問した時に、どなたかがきっといいアドバイスをしてくださいますよ。あたしではないけど。あたしはたいしてお庭作りをしてなくて、作れるようになりたいと思ってるだけなので」ジェーンは言った。

「わしはそうは思っとらんのだ」アーニーは正直に言った。「ダーリーンのためにやらなくてはならんだけで」

ジェーンはちょっと考えた。「本当に奥様のためになるんでしょうか？」

彼は眉をひそめた。「なるとも」

「お気を悪くしたならすみません」ジェーンは言った。「ただ、あたしは夫に先立たれているので。交通事故で亡くしたんですけど、あたしは自分の人生を生きてきました。だから、考え方が違うんでしょうね」

真実を全て話す必要はないだろうと、ジェーンは思った。スティーブが凍った橋の上で死んだのは、彼女を捨てて、他の女のところへ向かう途中だったということは。

「しかしあんたは若い」アーニーが言った。「わしとダーリーンはどちらも十六歳で結婚して、何十年も一緒に楽しく暮らした。そういうことは、若い時のほうが乗り越えやすいものだ」

「おっしゃる通りだろうと思います。穿鑿《せんさく》や批判をするつもりはなかったんです。あなたはいい人だわ。それと、お豆料理をありがとうございました。明日のお昼はこれをいただいて、きっとあなたとダーリーンのことを考えていると思います」

またしてもアーニーは涙ぐみそうになったものだから、さよならも言わず、疾走に近い勢いで家を出ていった。

ジェーンも涙が滲むのを感じた。だが、明日のお昼まで待つと言ったのは嘘だった。娘たちが作ったほどほどの夕食のあとなのに、もうお腹が空いていたのだ。豆とハムをお玉にたっぷりすくって、電子レンジで温めた。階段伝いにのぼったいい匂いをケイティはかぎつけたに違いなく、自分の部屋から下りてきて、やはりまた食べたのだった。

「ママ、これすごくおいしい。作ったの?」

「いいえ、知り合いのお爺さんが、亡くなった奥さんのレシピを見ながら作ったの」

ケイティは何枚かクラッカーを齧った。「これも、最高」もぐもぐやり終えて、また口を開いた。「あたしたちの料理は、あんまりおいしくなかったんだね?」

ジェーンは悲しげにうなずいた。「ええ、残念だけど、そういうこと。でも料理は技術だから。練習と実践が必要なのよ。場合によっては何年も。パパと結婚した時、ママは料理のことなんて何も知らなかった。子供時代は、いろいろなところの大使官邸で、職員の作ってくれるものをずっと食べてたの。その後は大学の寮で食べたし。大学を出てからは、ルームメイトになった子が料理上手で、キッチンには近寄らせてもらえなかった。結婚してからの最初の一年間はね、パパは餓死しかけてた。そのくらいママは料理ができなかったの」

「あたしは得意になりたいな――何かを」ケイティは言った。

「あんたにはもう得意なものがたくさんあるじゃない、ケイティ。学校の成績は着実に良くなっているし、ママはそれをとても自慢に思ってる」

「でも、運転は下手だって言うし」

「まだ下手だからよ。あんたの眼と頭を、周囲に見えるものじゃなくて、道路にあるものに集中させておくことがいかに大事かを学習したら、上手になるわ。カーレースのドライバーにだってなれるかもしれない。そうならないことを、ママは祈るけど！」ジェーンは微笑んで言い添えた。

「じゃあ、本当に自分が上手になりたいことはなんなのか、人はいつ知るようになるのかな？」

よいアドバイスを与えたいママにとっては、難しい質問だ。

「みんなそれと出合った時にわかるものよ」ジェーンは言った。「ママはいまだ作家になることに取り組んでるでしょ。一冊の本を書くのに何年もかけているのは、まだ納得のいくものじゃないからよ。でもあんたの運転と同じで、必要なものに集中していれば、やればやるほどうまくなるの。それにね、その気になればママはなかなかの料理上手よ。初めはひどかったけど。それから、ミセス・ノワックよりは運転も達者だしね」

ケイティが笑った。「ミセス・ノワックに較べたら、誰だって運転上手だよ」

ケイティは自分が使ったボウルをすすいで食器洗い機に入れ、手についていたクラッカーのかけらを払い落とし、生ゴミ粉砕機に流し込んでから、キッチンを出ていった。

これは進歩ね、とジェーンは思った。

ジェーンは早めにベッドに入った。マイクは十時なのにまだ帰らないし、あの変わり者のキプシー・トッパーに本気で魅かれかけていると思うと、いらいらする。どうしてマイクがそんなことに？　キプシーはわざと人に好かれない格好をする子だ。それにこれといった性格的魅力もないようだし。それどころか、シェリイがあの子を尋問していた時に立ち聞きした会話が示すものがあるとしたら、未熟で不安定な性格だ。

ジェーンはベッドにもぐり込み、左脚の向こう脛《ずね》をギプスにぶつけてしまった。ギプスをつけてから、もう週の半分以上が過ぎている。ケイティとの会話を踏まえると、そろそろ泣き言をいうのを止めて、もっとうまく動き回ることを学習する時だ。今後は階段に坐って、ちゃっちゃかお尻で上り下りするのはなし、車の乗り降りに人の手を借りるのもなし。

結局のところ、こんな事態はなんでもない。足の骨が折れるくらいは、些細なことだ。乳がんや他の危ない病気ほどのことはない。自分は意気地がなかった。怪我も病気も、もっと悪いことは何もないのだから、よかったと考えるようにすべきだった。

快適にベッドに落ち着いたところで、ジェーンは違う本を二階へ持ってきたのに気づいた。それは『クルップの歴史』で、今夜読むつもりでいたミステリではなかった。ベッドからまた這い出すと、二階へ引きずってきた松葉杖を拾い、それから覚悟を決めて階段下まで直立したまま進んだ。小さな勝利だが、ジェーンは対処法を会得しようとしているところであって、そんな自分を誇らしく思った。たった今から、自分の体を不自由とはもう思わない。たまたま脚にギプスをしているだけの、身体機能のきわめて健全な女なのだ。

階段の一番上で一瞬ひやっとしただけで、ジェーンは無事に二階の寝室に戻り、リビングルームから持ってきたミステリを読み始めた。ところが十ページまで読むと、前に読んだことがあって、結末に呆れたのを思い出した。だったら、これからどうする? ジェーンはマイクが帰ってきた時に、起きていたかったのだ。クローゼットの整頓をしようか? その必要は全くない。ベッドからシーツを引きはがして洗ってもいいけど、時間がかかりすぎる。はたと気づいた。テレビで何か見るものがあったら、どんなにいいだろう。だが彼女は、自分の寝室にテレビを置くのを、これといって理由もないのにずっと控えてきたのである。

しかし今の彼女は松葉杖を自由に操る大人の女であって、当然寝室にテレビを置く資格がある。明日、注文しよう。テレビが届けば、番組を聴きながらお風呂に入り、二階の掃除をし、あるいは、早い時間からのんべんだらりとできるではないか。

ジェーンには、これが非常に大人らしい判断に思えた。心のどこかには、まだごくわずかにケイティのようなところがある。そういう不安感の名残は、おそらくどんな大人にもつきまとうものなのだろう。

たぶん、シェリイ以外は。

21

ジェーンを迎えに自宅を出てきたシェリイは、友人がほぼ普通の歩き方で、車路《くるまみち》を行ったり来たりしているのを見つけた。

「おやまあ、マスターしたのね！」シェリイは叫んで、パチパチと手を叩いた。

「朝六時から実験してたの」ジェーンは言った。「松葉杖は一本だけ使うほうがうまくいくって、やっと悟りを得たんだ。その一本が悪いほうの脚の代わりになるんだけど、いいほうの脚にもう一本は必要ないのよ。それに一本なら、両脇で杖にぶらさがることもないし。あたしってすごくない？　ほら見て！」

ジェーンは、少々ぎこちない半回転のつま先旋回をしてみせた。「悪くないでしょ、ね？」

にっこりしながら言う。

「どうしちゃったの？　昨日までへなちょこだったのに、今日は絶頂期のマーゴ・フォンテーンになっちゃってる」

「ゆうべした二つの会話のおかげ」ジェーンは言いながら、シェリイのヴァンのドアを開けると、難なく体を起こし、左手でドアの内側の一番上を摑んで、自分の体と松葉杖とを助手席に押し込んだ。「一つは気の毒なアーニーお爺さんとした話——まあ、あとであんたも食べてごらんよ、彼の奥さんの三種の豆とハムのシチュー——それともう一つはケイティとした話のおかげ。全く違う話題だったのに、それであたしの気病みが治ったの。今日の午後、寝室用のテレビを買いにいくのに車で送ってくれる？」

シェリイは眼を剝いた。「あんたからそんな言葉を聞く日が来るなんて、思いもしなかった。その誘惑に屈した人は、きっとご近所であんたが最後ね。寝室にテレビを置くのは不道徳だと思うとか、確か言ってたような」

「言ってたと思う。ばかだった。で、今は欲しいの。どうしても朝のニュースをベッドで見たいって衝動に、突然駆られちゃって」

「きっと薬局チェーンが繁盛してるんだ」シェリイが言った。

「びっくりするくらいにね」ジェーンは認めた。

同族経営の薬局チェーンの家に嫁いだ時、嫁ぎ先はお金の問題を抱えていて、ジェーンが自分の親族からの少額の遺産を提供することで、彼らは事業の不振を乗り越えたのだった。それへの感謝のしるしとして、夫が先に死んだ場合は、その取り分である事業利益の三分の一を、引き続きジェーンが受け取るという内容の書類が作成された。そのお金を、彼女は子供たちの大学資金のために株式に投資し、それもまたうまくいっている。

「あの人たち、新しいショッピングモールにまたお店を出すようだし」シェリイが言い添えた。

「しかもオンライン営業に乗り出したら、インターネットでの売り上げが大幅に増加して、大儲け」ジェーンが言った。「あたしがお金持ちになることはまずないとしても、やっと大学の授業料分を別に蓄えられたから、自分のためになることも、ちょっとはできるようになったのよね。しみったれなのは、なかなか抜け出せない癖だけど、自分専用のテレビがその第一歩なわけ」

「あのとんでもないステーション・ワゴンを処分するのと、車路の穴を塞ぐのがその次?」

「ステーション・ワゴンはまだ何マイルか走るだろうけど、どうしたって車路は新しくしないとね」ジェーンは言い、世界最悪の穴ぼこと縁を切るという考えに、眼を輝かせた。

シェリイが車路から車をぶっ飛ばし、ジェーンを見ながら喋った。「じゃあ、アーニーはまた食べ物を持ってきたんだ。あんたにのぼせかけてるのかも」

「たとえそうだとしても、今日で諦めるって。今やあたしの体は自由自在。彼が食べるものの世話をしてくれたのは、あたしがあまりに頼りなさそうな動きをしてたからだもん。あんたってば、自分の後ろに何があるか、確かめるってことをしないわけ?」

「後ろにあるものなんて、どうでもいいのよ」シェリイが声をあげて笑った。「聞いたんだけどね、女の体で真っ先に衰えるのは腕の後ろ側なんだって。だから神様は、あたしたちが見えないとこにそれをつけたってわけだ」

ジェーンは笑いすぎてつんのめりそうになった。やっとひと息ついて口を開いた。「他にも気づいたことがあるの。あたし、腕に筋肉がついてきた。見て見て。でも先に車をとめてっ！」

シェリイはおとなしく従った。「おっどろいた。ほんとに筋肉がついてる」

「気に入ってるんだよね」ジェーンは言った。「どこかハンド・ウエイトを買えるとこに寄れたらと思ったんだけどな。両方の腕につけられるように」

「ハンド・ウエイトだって！　あんたがエクササイズをするだって！　こんな日が来るなんて思いもしなかった！」

「あのヘルスクラブってやつにも入会して、元の体型を取り戻すってのもいいかもしれない」

ジェーンはまくしたてた。

シェリイは体を強ばらせ、車のギアを入れた。「そんなのどれも度を超してる！　エクササイズだなんて……うっ」ぶるっと体を震わせてから言う。「ねえ、ゆうべポールがくれたものを見てよ」真ん中のダッシュボードをごそごそやって、ジェーンに小さな携帯電話を渡した。

「なんのために使うの？」

「運転中に電話をするため」

ジェーンは両手で頭を抱え、めそめそ泣くふりをした。「安全運転のドライバーですら、運転中に電話なんかしてたら脅威的存在だよ。あたしが一緒の時は、絶対にこれを使わないって約束して」

「あんた以外の誰に、あたしが電話するっていうの？」シェリイが言った。「それにねえ、あんたと一緒にいるんだったら、あんたに電話をかける必要なんかないわけだし、あんたが家にいない時は、あたしと一緒にいるわけでしょ」

ジェーンがこの論理を解読していた時、ファーストフードの店を通りかかり、シェリイが車を回して、持ち帰りのコーヒーを買った。その日は急に暑くなってきたので、ジェーンは特大のアイスティーを選んだ。コミュニティセンターに着くと、ジェーンはそれまでと違って、ヴァンから出て階段を上がることに注意を向けなくてはならず、同時に重い紙コップの飲み物がこぼれないよう、杖を持たないほうの手でバランスを取っていなくてはならなかった。飲み物はほんの少し脚にこぼれただけだった。

二人は早く着いたので、教室にいたのはステファンだけだった。ジェーンが前日のノートに眼を通しているうちに、他の受講者たちがのんびり入ってきた。十分のうちに、成人の学生たちは今日のテーマを学ぶ用意を整えていた。ところが講師が来ていない。受講者たちは十五分間ほどはお互いにお喋りをしていた。ジェーンはこの機会を利用して、改めてアーノルドに豆料理のお礼を言った。「あたしったら、今日まで待てなかったんですよ。ゆうべ食べてみたら、おいしかったです」

アーニーは嬉しそうな顔をして、ただうなずいていた。

ウルスラが落としてしまった、馬用かと思われるような櫛を踏んづけ、割り込んできた。

「豆料理？　まあ、レシピを教えて。豆は大好きなの」

ジェーンはシェリイにささやいた。「あの電話、今持ってる?」

「バッグの中」

「じゃあ、あたしを手助けする真似をして一緒にトイレへ行ったら、メルに電話をかけて、イーストマンが姿を見せないままだと知らせようよ」

「あたしたち、ちょっと失礼します」シェリイはみんなに声をかけた。「ジェーンは手助けが必要なので」

「あんたがかけて」トイレまで来ると、シェリイは言ってジェーンに携帯電話を手渡した。「電源ボタンを押したら、ちょっと待ってからダイアルして、あとは〈会話〉って書いてあるボタンを押すだけ」

ジェーンは小さなボタンを不器用にいじくった結果、三度目の呼び出し音でメルにつながった。「あなたは知っておくべきだと思って。イーストマン博士が、今朝の講習会に現れないの」シェリイは小さいスピーカーに耳を当てようとした。そんな彼女をジェーンは手を振って追い払い、メルの言うことに聞き入った。

話が終わると、電話の切り方を教えたシェリイに、ジェーンは言った。「メルが言ったことは、あんたのヴァンに乗ってから話すね。それまでは、とにかくあたしに調子を合わせて」

二人は教室に戻り、ジェーンが受講者たちに言った。「イーストマン博士が遅れているようですから、今日に予定されているお庭訪問に出かけることを提案します。博士は住所のリストをお持ちですから、あとで合流できますので」

ウルスラは大いに乗り気で賛成したし、ミス・ウィンステッドも同じだったので、女性陣が教室を出ると、残された男たちはついていく他なかった。

ジェーンとシェリイがヴァンに乗り、ステファンの家へと出発するやいなや、ジェーンは、イーストマンの家の少年から今朝早くに電話があったという、メルの話を伝えた。「あの男の子は、庭用ホースの接続部分を修理するために、ガレージに部品を取りにいって、イーストマンの車がそこに置かれたままなのを見つけたのよ」

「車を運転して北部の本宅へ行ったって話は、これでなしね」シェリイがらしくもなく黄色信号で車をとめて言った。

「メルの考えでは、講習会の最初の講師が襲われ、二番目の講師が姿を消したのは、偶然が重なりすぎてるって」

「じゃあ、論理的にはありえないことだけれども、講習会の誰かが事件に関与してるかもしれないってこと?」

「メルはそこまでは言ってなかった。ただ、前に考えていたよりも、今はそのことにもっと重要な意味があると考えてるみたい」

「イーストマンを見つけるために、警察はどんなことをしてるんだろ?」

「訊かなかったし、彼も言わなかった」ジェーンは答えた。「お庭訪問の間、このことについては何も知らないふりをしないとね」

ステファンの庭は、植物を借りる前のジェーンの庭と同じくらいつまらなかった。だが、彼女のところほどの乱れはなかった。ペットは飼っていないようだ。芝生の庭の真ん中に、とても小さなカエデの木が立っていて、庭の縁《へり》に沿ってどうということもない小さな灌木《かんぼく》の茂みがところどころに生えている。このあたりは最近になって開発された地区なので、全ての家がこんなふうにコストを抑えた設計になっていると思われる。

ほぼ全員が一家言を持っていた。ミス・ウィンステッドの助言が、一番広範囲にわたっていた。テラスに秘密の花園、それに丘から水を引いてくる池を作る提案だ。当然、彼女の庭と同じように。

チャールズ・ジョーンズは正反対の取り組み方を主張した。根覆いを施した島に標本植物を植える方法であり、これにより植物一つ一つについて、それぞれの生長と開花の特質を鑑賞することができる。それから幾何学的な小道を作ること。ちょうど彼の庭と同じように。

ウルスラは言った。「まずは庭いっぱいに自分の好きな植物を植えてみて、何がよく生長し、何が枯れてしまうかを確かめて、枯れたものの代わりに、試してみたい別の植物を植えればいいわ」

気の毒なステファンは、それらの助言には努めて丁寧な対応をしつつも、前からの主張を変えず、自分が本当にまず作りたいのはすてきな小さい池で、その中央に何かの彫刻から水を噴き上げる噴水を置き、池の周りに育てやすい花を植えたいだけなのだと言った。

池の扱い方について、ミス・ウィンステッドが長々と講釈を始めたが、いくら自分の庭への愛情を言い立てたところで、説明の大半はやる気を失わせるものだった。シェリイがステファンにした助言は、花壇を作るのではなく、すてきな鉢植えをどっさり手に入れて池を囲み、季節ごとに植物を替えればいいというものだった。

ジェーンはステファンをひっぱっていき、しばらくの間みんなから離れて言った。「うちのパティオにあるものを見てから決めて。手始めとしてちょうどいいかも」

ステファンがいたくありがたがっている様子なので、あの噴水つきの小さな小鳥の水浴び場を見たら、がっかりするのではないかと、ジェーンは心配になった。いや、ミス・ウィンステッドの講釈を聞いたあとだから、厄介と手間のほとんどかからない植物と、それらに囲まれて水が流れている快い音が手に入ると知れば、喜ぶんじゃないだろうか。

一人アーノルド・ウェアリングだけが、そぞろ歩きをしながら灌木を観察し、助言をすることもなければ、庭についての自分の趣味をステファンに認めさせる競争に参加することもないままで満足していた。

ついに助言にうんざりしたステファンが、アーノルドの家へ行こうとみんなをせき立てた。ジェーンと共に到着した時、シェリイは言った。「気がつかなかった。アーノルドの家って、ジュリー・ジャクソンの家のすぐ近くなのね。通りを渡って三軒目よ」

「うーん」ジェーンは言った。「ジュリーが発見されたあと、誰かご近所さんたちに訊いて回ったのかな。一人暮らしの高齢者には、自分の周囲の家にワシ並みの鋭い眼を光らせてる人がよくいるもんね。アーノルドが彼女の家をうろついてた人間を見てるかもしれない」

「警察だって、きっとそのことは考えたって」シェリイが言った。「うわ、アーノルドって、家をきれいにしてるんだ。鎧戸なんて、塗りたてのペンキの臭いがしてそう」

「あのアイスティー、あたしの中をとっとと通過しちゃった」ジェーンはこぼした。「おしっこしたいから、家まで乗せてってくれる？」

「ここでなさいよ。えっと、今いるここじゃないわよ。きっと、アーノルドのとこにもトイレはあるから」

「お願いしたくない」

「ジェーン、みっともない真似しないで。おしっこなんか、誰だってしょっちゅうするでしょ？　あんたのお育ちだと、たぶん十五カ国か二十カ国の知らない人の家でしてるのに」

「一度だってしたくなかったってば」ジェーンは笑った。

　車でアーニーの家へ近づいた時、ジェニーヴァ・ジャクソンとその夫がジュリーの家からスーツケースを持って出てくるのを、シェリイが見つけた。「スーツケースが一つだけ？　ジュリーが退院するまで滞在すると思ってたけど」

シェリイが手を振ると、ジェニーヴァは夫に話しかけ、夫がスーツケースを車に載せている間にさっさと通りを歩いてきた。「これから病院へ行って、ジュリーを家に連れて帰るの！」にっこり微笑みながら言う。「お医者さんはあと数日たってからと考えてたんだけど、ジュリーの状態はすごく良くなってきてるし、神経科医である義兄も一緒に家にいるわけだから、早く退院させてもらえることになったのよ」

いい知らせだとジェーンは思った。だけど今すぐトイレを見つけないと、きっと醜態を演じてしまう。

22

ジェーンはおどおどと言った。「アーニー、お手洗いを使わせてもらっていいですか？　特大カップのアイスティーを飲んでしまって」

「飲んでるとこを見たよ。歩いて回るのもずいぶん上達してきたじゃないか。一階のトイレだがね、今ドアがないんだ。そっちは明日、大工に新しいのを入れてもらうが、二階にもある。階段を上がるのに助けがいるかな？」

たとえ助けが必要でも、ジェーンは嘘をついただろう。男の人にずっとトイレのドアまで付き添われるのは、歓迎できることではない。「いいえ、練習したので一人で上がれます、ありがとう」ドアを取り換えるのさえ、きっとアーニーにとっては苦痛なのだと、ジェーンは気づいた。なにせ亡くなった妻が、そのドアに何千回と触れていたに違いないのだから。

ジェーンは初めてなんの失敗もなく階段の上まで行けた。とても女らしいバスつきトイレだった。ピンクのタオル類、小さな貝殻の形の石鹸類、これにはひどく埃がついているから、ダーリーンが亡くなった日からそのままになってるはず。ピカピカの清潔なバスタブ、古そうだが洗ってアイロンが当ててあるピンクのフリルつきカーテン。それらを見ていたジェーンは、彼の執着ぶりを充分に理解した。古めかしい口紅のケースまで、化粧台のカウンターに置いてあるのだ。

ジェーンはそこの窓から外を見た。全員がアーニーの裏庭に集まっていた。イーストマン博士以外は。バスつきトイレから出た時、ホールの両側にある寝室のドアがどちらも開いているのに気づき、中までは入らなくても、ちょっと覗いてみたい気持ちを抑えられなかった。

右側にある部屋は、すてきだったけれども少し散らかっていた。ベッド脇の小さなテーブルの一つに、栞を挟んだガーデニングの本が一冊。水が入って、きらきら光っているグリーンのカラフェ、それと同じほど清潔なグラスが一つ、伏せて置いてある。カラフェは少し汗をかいていた。アーニーは今もダーリーンのために、本当に毎日こうして氷入りの水をカラフェに満たしているのだろうか？

ベッドスプレッドは暗めの色合いの花模様で、幅広のグリーンの縞が入っている。とてもこざっぱりとしているが、とても色褪せていた。同じ柄の枕がヘッドボードのところに重ねてある。ジェーンがダーリーンのものと推測したほうは、濃いグリーンのままだ。

こんなことって……アーニーは、妻の枕をもう何年も前に妻が残していった時のままにしているのだ！

夫が実に下劣な死に方をした時、ジェーンがまずやったことの一つは、ベッドのカバー類と枕を処分し、自分の好きなものにして自らをねぎらうことだった。なんたる違い。

ジェーンが小さなホールの反対側へそっと歩いて、ちらりと覗くと、そこはおそらくかつて客用の寝室だった部屋を、今はコンピュータと机と本棚を揃えて書斎にしてあるのだった。入って本棚に並んでいる本の題名を見たくなったが、衝動を抑えた。そこまで穿鑿《せんさく》好きにはなりたくない。

明らかに、部屋には妻を偲ばせるものはほとんどなかった。この家の中でその部屋は、アーニー自身の領域である唯一の場所なのだろう。棚には何かの賞杯がいくつか並び、掲示板には、出動中の消防士たちの写真入りの、不鮮明な新聞記事の切り抜きが何枚か貼られ、壁にはどれも似た感じの絵がかかっている。コンピュータのそばには書類が積み重ねてあり、そのところどころに色つきのファイルが挟まっていた。電気スタンドの手前に、お尻の当たる部分が擦り切れた革張りの椅子があり、そばに灰皿スタンドが立っていた。灰皿には煙草の吸殻が一本残っている。たぶんここでだけ、アーニーは煙草を吸うのだろう。

余計なお世話よと、ジェーンは自分に厳しく言い聞かせ、来た階段を下りていった。

あの部屋だけは完全にアーニーのもので、よく使われている様子だったことに、何はともあれジェーンは慰めを感じた。彼自身の関心事も、いくつかはあるようだ。コンピュータ、それに消防士として生きてきた思い出。たぶんたまには出かけて昔の仲間を訪ねたり、消防署に寄って若い男女に旧き良き時代の話をして聞かせたりするのだろう。あるいは妻のレシピ集から彼らに料理を作ってやったりも。

ジェーンは通りすがりに、リビングルームを垣間見た。古いテレビ、片方の肘掛けにピンクのセーターがかかったままになっている揺り椅子、そのそばには鮮やかな黄色の毛糸で編まれたバッグが置かれ、編みかけのアフガンが覗いている。ジェーンは思った。ああ、アーニー、もう彼女を手放して、どうかもう手放してあげて。

キッチンを通り抜けて勝手口へ向かったジェーンは、今もそこにあるはずのダーリーンの大切な品々には眼もくれなかった。だが、たまたま眼に入った窓の桟には、小さな陶器の鉢が一列に並び、葉も枯れかけて、生きることにあがいているひょろひょろのニオイスミレの姿があった。

ジェーンが勝手口のドアを開けると、その外にアーニーが立っていた。「階段の上り下りは大丈夫だったかね?」

ジェーンは明るく振る舞おうと心に決めた。「松葉杖で、手すりの横木を三本ほど叩いて凹ませただけでした。冗談ですよ。何も壊してませんから」

他の受講者たちに加わったジェーンは、自分自身にも他の人たちにも、完璧に動き回れることを証明したいものだと思っていた。アーニーの庭は、大変な労働力が注がれている痕跡が見えるのに、実に哀れな状態だった。パティオの隅に置いてある手押し車には、庭仕事用の道具が積まれていた。大きくて頑丈そうなゴミ籠には雑草がぎゅうぎゅうに詰まっている。それでも、哀れな植物たちはひどい状態だった。五、六年前は、おそらくすばらしい花壇だったのだろうが、ジェーンが家の中で見たおおかたのものと同じように埃を被り、ただ存続していた。

「多年生植物は株分けをしないとだめよ、アーニー」ミス・ウィンステッドが話している。「このジャーマンアイリスから始めなさい。株分けもしないで、よくまあ生き残ってきたものだわ。この植物はね、一年目はいくつか塊茎の集まったものから育って、次の年はその外側に円状に生えるの。だからどの花叢《はなむら》の真ん中も穴のように空間ができるわけ。掘り起こして、パイを切り分けるように塊茎を分割したら、中央の死んでる部分は取りのぞいて、よく耕した土に埋めて新しく始めるの」

「しかし、妻がその花を植えたかったのはあそこなんだ」アーニーは反対した。

「わかってますとも」ミス・ウィンステッドは、いつもの威厳に満ちた口調で言った。「それでも取り出して塊茎を分け、コンポストと泥炭の中で養生させたら、いくつかは元の場所に戻し、あとはお友達にあげなさい。それを三年ごとに繰り返せば、みごとに生い茂ります」

アーニーは問いかけるようにジャーマンアイリスを見つめた。その方法が、はたして妻の庭を重んじる自分の意図に沿うものかどうか、考えているのだろうとジェーンは思った。

彼女が少し歩き回りながら、他の人たちにがんばってついていくと、庭の全ての花壇があるエリアの外周に、みんな集まっていた。ダーリーンがヤグルマギクを大好きだったのは見れば明らかで、それをアーニーは何年もこぼれ種で育ててきたのだった。かわいそうなその植物はひょろひょろだし、色は交配によりぼんやりした淡い紫か青になってしまい、新鮮な種が咲かせる鮮やかな花の色とは違っていた。

花の咲き終わったボタンの大きなひと群れがあり、真ん中から外に向かって倒れかけていた。どうにもならずに枯れていく葉のついた茎を、アーニーは小さな緑色の支柱を立てることで、支えようとはしていたけれど。掘り起こして分ける、というミス・ウィンステッドの助言をジェーンは頭の中で繰り返した。手に負えなくなったボタンにも、それが必要だということは、さすがにジェーンでもわかる。

セメントの小道に沿ってところどころに樹皮のチップが積まれていて、もしそこへ踏みこんだら、いやちょっと触れるだけでも、チップが粉々に砕けそうにみえた。チップの間から、ちらほらと何かわからない植物が生えていて、わずかな葉っぱと、褪せたコーラル色の小さなぼんぼりのようなみすぼらしい花を見せていた。

ミス・ウィンステッドは庭の奥に向かって、またしてもアーニーに講義をしていた。「あそこの花だって株分けすれば、きれいな白い百合になるのよ。死ぬほど寄せ集まってしまっているし、しかもここに木を植えているせいで、日光が遮られてしまっているわ。あの百合は太陽が大好きなの。ほらあそこ、あの日が当たっている狭い場所に、こぼれ種でなんとか育った一本があるでしょう？　あれが完璧な姿よ」

「あれは、ぼくがジャクソン博士に贈ったのと同じ種類の百合だ」ステファンが、アーニーとミス・ウィンステッドのほうへのんびり歩きながら、声をかけた。「贈ったのもほとんど忘れてたなぁ。あの花は、彼女のお姉さんが受け取ってくれたんだろうか」

とたんにジェーンとシェリイは仰天して顔を見合わせた。ジュリーが襲われた日にたまたまジェーンの家に届いたあの花を、脅し文句のカードと共に贈ったことを、ステファンは認めているようではないか。シェリイは何気なくその場から抜け出し、携帯電話を手に持って家の正面まで来ると、一度だけちらりと振り返り、ジェーンにうなずいてみせた。

ジェーンはステファンに質問したかったが、自分がしゃしゃり出たと知ったら、メルが卒倒するのはわかっていた。そこで、問題の百合に名前はあるのかと、ミス・ウィンステッドに慌てて訊いた。

「カサブランカかしらね。匂いをかいでみて。すばらしい香りよ。ほら足元に気をつけて、ジェーン。ホスタの中に倒れるところだったわ。この雄しべ、華やかだと思わなくて？　こんなにすてきなオレンジ色がかった黄色なのよ」

ジェーンは思い出した。シェリイと一緒に、花のアレンジメントをジュリー・ジャクソンの家へ持っていった時、顔から落とそうとしたのがまさに同じ色の花粉だった。

ステファンが提案した。今日は早い時間に始めたのだから、よければミセス・ノワックとミセス・ジェフリイの訪問予定を今日に繰りあげてはどうかと。シェリイとジェーンは肝をつぶした。「そんな、だめよ！」シェリイが叫んだ。「あたしはティーンの女子の一団を、料理教室に連れていかなきゃならないんです。ジェーンだって予定が入ってますし。ですから、お庭訪問が早い時間になって、あたしたちほんとに喜んでたんです」

ジェーンはうなずきながら思った。これだと、同意するたびにちょこんとお辞儀する、イーストマン家の家政婦のように見えるんではなかろうか。そんなことより、とあせって考える。まだマイクは芝を刈ってさえいないし、この間のうんちすくいのあとも、ウィラードは外へ出ちゃってる。

みんなこれはどうやら散会だなと察して、アーニーとステファンに庭を見せてくれた礼を言い、まとまりのない群れとなって家の表側へ移動した――同じ頃、パトカーと赤いスポーツカーがアーニーの家の前にとまった。メルが車から降り、大柄の制服警官がパトカーからのっそりと出てきた。

ポーチに立ってみんなに別れの手を振っていたアーニーは、二人の侵入者を見つけ、ポーチの手すりを摑んで体を支えた。

「アーノルド・ウェアリングさんですか？」メルが訊いた。

「はい」

「あなたの客の中に、ステファン・エッカートがいますか？」

アーニーが震える指でステファンのほうを指すと、彼らは自分を探しにきたのだとステファンは気づいた。ゆっくり歩いていって言った。「禁止されている場所に車をとめてましたか？」

「いいえ、いくつか質問をさせていただきたいだけです。ご同行をお願いできますか?」

ステファンは少し驚いただけに見えた。怖れるというより、困惑しているようだ。「どういうことか、お訊きしてもいいですか?」そう言いながらも、家の前の車へ素直に歩いていく。「ここではなんですから」

ステファンはパトカーの後部座席に坐るよう促され、その車もメルの車も走り去った。ジェーンが振り向くと、アーニーが頭を抱えてポーチに坐っているのが見えた。「アーニーのぐあいが悪そう」彼女が言うと、みんなが彼に駆け寄って手を貸し、慰めようとした。

「ほうっておいてくれ」瞳孔が見えるように顔を上げてと言ったミス・ウィンステッドに、アーニーは言った。ジェーンにはこの指示がよく理解できなかった。ミス・ウィンステッドは脳卒中でも疑っていて、瞳孔はその徴候を示すのだろうか?

「幽霊みたいに顔が真っ青。よくない状態よ」ミス・ウィンステッドは食い下がった。

「わしは病気じゃない」アーニーは言い張った。「心が痛むだけだ。考えてもみてくれ、自分の庭に警察がやってきて、誰かを連れ去ったと知ったら、かわいそうにダーリーンはどれほど動揺したことか」

ジェーンは彼の肩に手を置くと、やさしく、だがきっぱりとした口調で話した。「ダーリーンは見なかったわ、アーニー。彼女はここにはいないんです。動揺もしてません。あなたも動揺してはだめ。あなたにも、亡くなった奥さんにも関係ないことなんです」

顔色が戻りかけてきたアーニーは、ふらつく脚でやっと立ち上がった。「あんたの言う通りだ、ミス・ジェフリイ。みんなに見にくるように招いたこの庭は、本当は妻の庭だから、いつもより妻のことを考えてたんだな」

「あなたの気持ちは、みんなわかってますよ、アーニー」本当は理解できていないのに、ジェーンは言った。「でも、今日もらったよい助言をあなたが全部受け止めて、かつての彼女の庭に戻したら、ダーリーンを一番讃えることになります。だからあなたに必要なのは、刃の鋭いシャベルと株分けするためのナイフを手に、外へ出ること。そうしたら、来年の春には、昔そっくりの彼女の庭を、きっと取り戻せます」

アーニーはしばらくジェーンをじっと見ていた。「そうかもしれんな」そう言って、玄関ドアを開けた。ゆっくりと家の中へ入って、そうっとドアを閉じた。

23

「あんなこと、彼に言うべきじゃなかった、ダーリーンはもういないだなんて」家への帰り道、ジェーンは後悔していた。「きっと彼の気持ちを傷つけた。ただ彼をなだめようと思っただけなのに。あんまりひどい様子だったから」

「何がいけないのか、あたしにはわからないな。だって、まずね、あんたの言ったことは正しかった。それにあの気の毒なお年寄りは、もし妻の庭に警察が来たら、妻はどんな気持ちがしただろうと考えて、心臓発作か脳卒中を起こしたかもしれない。自分の想像が合ってるかどうかもわからないのに。だって、彼女はスリルを感じたかもしれないでしょ」シェリイが言った。「忘れないで、あたしたちは彼女のことを知らなかったのよ」

ジェーンは言った。「アーニーの家の二階にいた時、あたし、二つの寝室を覗いたの」

「もちろん、覗くでしょ」シェリイが言った。「誰だってそうする」

「だけど、開いたドアから見ただけ」この点が、まるでマナーをわきまえているという評判に関わるかのように、ジェーンは訂正した。それから寝室の様子を説明した。ダーリーンのベッドの側にあった氷と水の入ったカラフェ、全く洗われていない枕カバー。化粧台の口紅のケース。リビングルームのダーリーンの椅子のところにあった、編みかけのアフガンとセーター。

「あたしはあんたほどやさしくないのね。だってあたしは、そんなのばかげてると思うもん」シェリイが言った。

「でもすごく、すごく悲しくもあるよ。死んでしまった人と暮らしたがることが、あたしにはとにかく理解できない。生きてる時に、どんなにその人を愛してたとしてもね。昔、あたしの祖母の友人だった人が、自分の息子の部屋で同じことをしてた。息子が幼い時に死んじゃって、その部屋は彼が最後にそこからいなくなった時から四十年ほど、全くそのままにしてあったの。その部屋を覗くたびに、たまらない気持ちになるのに、それでもなぜかそのままにしておいたのよ。他の子供たちは、そのことにひどく腹を立ててた。みんな彼より年下で、死んだ兄のことは知らなかったくらいだし。大人になってからも、家を訪ねたって、誰もその部屋に足を踏み入れることを許されなかったの。そこで眠るなんてとんでもない話。あたしの母の友達は、生涯不幸だった」

「そういう話は、何度か耳にしたことがあるな。なぜそんなことをするのか、あたしには理解できない。こういうCMを見たことある？　大学を卒業した息子に、両親が涙ながらに別れを告げてるんだけど、息子の姿が見えなくなったとたん、ママは彼の部屋をメジャーで測ってるの。新しいバスタブはどこへ置けばいいだろうかって」

「それ見るたびに、笑ってる」ジェーンは答えた。「で、マイクの部屋のことを考え続けてる。

あの子が卒業したら、即刻あそこをあたしの仕事部屋に変えたいの。地下室なんかに、二度と戻らなくていいようにね。子供たちが三人ともいなくなったら、二階の余分なトイレつき浴室は洗濯室にする。マイクがいなくなるって話で思い出したけど、あの子、まだ芝を刈ってないんだよね」

「あたしを見たってだめ」シェリイは言った。「芝刈り機がどう機能するかを全く知らないでいるのを、あたしはライフワークにしてるんだから。それに、あんまりオツムが弱いもんだから、ヒューズボックスのこともわかりゃしない」

「誰も信じないってば」

「そうだね。でも、これがあたしの言い分で、ずっとそういうことにしておくつもり」

二人が家に帰り着くと、シェリイが契約している芝生サービスの作業員が、うるさい音を立てるさまざまな種類の機械を使いながら、精力的に動き回っていた。「彼らを貸してほしい？今日一回限りなら？」

「あたしのテレビを買いにいくんなら、そんな余裕はないよ」

「テレビだよね、忘れてた。なんで忘れちゃうんだろ？　今すぐ買いにいこう、いいでしょ？先に女の子たちを料理教室で降ろさなきゃ。マイクが帰ってきたら、彼の友達連中にも頼んで、テレビを二階へ運び上げてもらえばいいよ。それから忠告しとくけど、この件でセコい真似はさせないからね。あんたに必要なのは、オプション機能がこれでもかってついたでっかくてすてきなやつ。そんな眼で見ないでよ、ジェーン。自分の言ってることぐらい、わかってるってば。うちの寝室用に買った最初のテレビはとっても小さくてね、ベッドに腹這いになって、頭と足の向きをいつもの逆にしないと、画面が見えなかったのよ」

シェリイは自分の言葉通りに実行した。ジェーンは、シェリイのヴァンのほぼ後ろ半分を占めている箱と共に帰宅した。ヴァンには新しいビデオと、何もかも入れておくキャビネットも載っていた。

「今降ろせたらいいんだけどな」ジェーンは言った。

「手伝ってくれる女友達が六人いても無理。テレビや家具を動かすのは、よくある男の仕事の一つ」

二人はまずシェリイの庭の様子を見にいった。芝が刈られたばかりで、見た目も匂いもすばらしかった。「大きな鉢に植わってて、格子に巻きついてるあの蔓植物は何？」ジェーンは訊いた。

シェリイは近寄って、土に挿してあるタグを抜いた。「キダチチョウセンアサガオ、って書いてある。この写真を見て」

「うわあ！　この黄色い花って豪華だ。子供の頭くらいある」

「それにすごくいい匂いがするのよ。南カリフォルニアのホテルの中庭で、一度見たことがあるんだ。それが二階のバルコニーまで伸びててね、最高の匂いがしてた」

「南カリフォルニア？　ってことは、きっと冬の間は家の中に入れとかないと」

「それはポールにやらせるつもり」シェリイは澄まして言う。

「ステファンはどうしてるだろ？」ジェーンは言い、自分の家へ来るようにと、身振りでシェリイに促した。「何か軽く食べたい」

「ステファンは、とってもハッピー、ってことはないだろうな。それに、ジュリーに花のアレンジメントを贈ったのが彼だということを、誰かが警察に密告したって怒るだろうね。きっとあたしたちの一人に結びつけて考える」

「でも、あたしたちのうちの誰かってことまでは、わからないよね？」ジェーンはそのことに初めて思い至り、実際に電話で知らせたのはシェリイだったが、それでも自分がお喋りな告げ口屋になった気がした。

「メルが彼に言わなければね」

「言わないって、絶対に。たぶん本当は言うべきでないことも、メルがあたしたちに話してくれるのは、あたしたちなら彼の秘密を守るとわかっているからだよ。彼もあたしたちに対して、きっと同じことをしてくれるはずだもん。その事実を摑んだ警察のことを、たぶんステファンは悪く思うって。でなきゃ、花屋を。それかミス・ウィンステッドだ」

「警察に連れていかれた時、ステファンって、あたしが思ってたほど慌ててなかったみたい」

シェリイが言いながら、ジェーンの冷蔵庫の一番下の抽斗をごそごそやって、冷たい飲み物を探している。

「あたしたちに話した時も、気が咎めている様子はなかったな。何か罪を犯していたら、花を贈ったなんてベラベラ喋ったりしないよね」

「どこかの時点で、もっともらしい言い訳を考えついてたら別。いつもだけど、なんでここに本物のコーラを置いとかないの？　あたし、ダイエットのやつは好きじゃなくて」

「置いてるんだけど、あたしが全部飲んじゃうんだよね。少なくともひと缶は残ってたはずだよ」ジェーンは言った。

　ちょうどその時、電話が鳴った。メルだった。ジェーンは長い間神経を集中して聞いたあと、口を開いた。「知らせてくれてありがとう。密告したのがシェリイとあたしだってことは、彼に言ってないよね？」

「なんて？　なんだって？」ジェーンが電話を切ると、シェリイが訊いた。

「警察はステファンを帰らせたそうよ。彼の言い分はもっともで、『いよいよあなたの出番です《ユー・アー・ネクスト》』ってメッセージを書いたのは、単に次の週の講習会で教える予定の講師の中で、彼女が誰よりもすぐれた資格の持ち主だったからだって。お花の支払いを現金でしたのは、仕事の経費として申請できるものじゃなかったから。メルが言うには、彼はとっても誠実そうで、誰も疑ったりできなかったって。だけど別のつながりについても、彼ったら訊かれもしないのに喋ったらしい。去年彼女が関わった慈善事業の活動で、彼は例の付き添い《エスコート》をしてた一人だったの。最初は、彼女が自分のことを好きだから誘ってくれてるのだと思ってたけど、すぐに気づいたんだって。彼女が求めているのはロマンスじゃなくて、人に見せられる男だってことに」

「胡散臭い話じゃない？　気づいた時、彼は失恋に悲しんだのかもしれない」

「メルが言ってた。彼には感情のからんでいる様子はなく、率直に認めたって」

「そんなものを信じるなんて、メルは相当甘いんだわ。でなきゃ、ステファンがあたしたちには想像もつかないくらい演技がうまいのかもしれない」シェリイが言った。

「ほら、ひねくれ者の気難し屋って、どっちのことよ？　だってね、彼の話が真実だという確信がなければ、メルだって彼を解放して、きれいさっぱり忘れたりしないよ。メルの仕事は、裏づけが取れるまで彼の話したことを何も信じないことだもん。メルが言ってた。例の花屋まで彼を連れてって、店主に顔を確認させたんだって。ステファンは全く動揺してなかったらしい」

シェリイが肩をすくめた。「わかった、わかった。ステファンはすごくハンサムだし、あたしには見えるもんね。ジュリーにとって自分が年下のおもちゃだと知って、彼女を殺すところが。たぶん他の女たちにも同じように扱われて、いい気分だったこともあったかもしれないけど、高慢な慈善事業族にうんざりしたんじゃないかな。あたしも自分の役目として、ポールとああいうのに出たことがあるけど、ほんとにうんざりだもん」

シェリイが喋っていた時、マイクが家に入ってきた。「何がうんざりなの?」彼は訊いた。

「あたし」ジェーンが言った。

彼女が芝刈りのことをちょっと言おうとするより先に、マイクが言った。「あなたの車に大きな箱がいくつか載ってたけど、あれは何ですか、ミセス・ノワック?」

「あなたのママの新しい巨大テレビとビデオとそれを置く台よ」

「ママ! たった一日で、それ全部のお金を払ったの? 俺たちに話してない遺産でももらった? 俺たちに一度も話してくれなかった謎の大金持ちの大叔父さんがいたとか?」マイクが訊いた。

「いいえ、あんたの遺産からもらっただけ」ジェーンはにやりと笑った。「あのテレビは、あたしが持ってて当然のものよ。ママはね、手遅れにならないうちに、〈働くことを知らない優雅な女〉になってみたいの。スコットを呼んで、彼にも手伝ってもらってそれを二階に運び上げてくれる? それから、どうしても庭の芝を刈らないとね」

「俺もそのために早めに帰ったんだよ。忘れたりしないってわかってるよね。ウィラードのことも、死ぬほど俺に吠えたりしないように、家の中に入れとくつもりさ。話は変わるけど、いい感じの川の小石を何袋か持って帰ったから、ウィラードのやつの小道に使って、それが庭作りの一環でそうしてるように見せようよ」

「マイク、あんたって子はすばらしいわ!」母親は言った。

「じゃあ、俺にも専用のテレビ、買ってくれる？」

「だめ」ジェーンは短く答えた。

マイクは少しむっとしたように見えた。いつも子供たちを優先し、自分に必要なものを切り詰めてきたせいで、子供たちを甘やかしすぎたのだろうかとジェーンは考えた。これまでと違って、ママが自分のためにお金を使ったのを見て、マイクは驚いたに違いない。

それでもマイクは庭でみごとな働きをしたし、問題の小道はとてもよいアイデアに見えた。少なくともジェーンにとっては。ウィラードはそれを調べたあげく、渡ってはならない危険な境界線だと判断した。「どうせまた新しい道を作るわ」ジェーンは憂鬱そうに言った。「いずれ芝生の庭は、同心円つきの小道だらけになるのよ」

シェリイは庭に坐り込んで、撒かれた石をじっくり見ていた。「すてきだわ、マイク。できたらこの夏の間に、あたしにもこの石を使った小道を考えてほしいな」腕時計を見て言う。「女の子たちを迎えにいかなきゃ。今日はどんなおそろしい料理を習ってくれたことか」

メルが電話をかけてきたのは、親友のスコットと共に、マイクが二階へテレビを運ぼうと奮闘している時だった。ジェーンは電話に出ないでおこうかと思った。気をつけなさいよ、テレビを落とさないように、テレビの端を壁にぶつけて凹ませないように、あんたたちも怪我をしないように、などと警告して、男の子たちの頭をおかしくさせるのに忙しかったのだ。

「ジェーン、こんなことを話してすまないが、どうせ夜のニュースで見るだろうし、きみは前もって知っておくべきだと思ってね」

ジェーンはぞっと体が冷え、それからどこもかしこも熱くなった。「何があったの？」訊く声が震えている。まず頭に浮かんだのは、二十年間、きっといつかはと思っていた通りに、とうとうシェリイが交通事故に遭って、女の子たちと病院にいるということだった。

「きみに関することじゃないんだ。心配するな。怖がらせるつもりはなかった。ただ、警察がイーストマン博士を見つけたのでね」

その言葉に続いた沈黙は寒々としていた。だがジェーンは訊かなくてはならなかった。「彼は無事なの？」

「いや。死んでた。裏庭のマツの木立の奥に隠れているコンポストの容器に、はまってたんだ。幸いなことにと言うか、近所の人がその悪臭を通報したので、あの少年と母親が彼を発見したわけではないんだ」

ジェーンは安堵して、ほっと息を吐いた。「もっと悲しむべきなのよね。でも、あたしはほとんどあの人のことを知らないわ。シェリイとケイティにひどいことが起こったんじゃなくて、とにかくほっとしてるの」

「怖い思いをさせて、本当にすまなかった、ジェイニー」

「どんなふうに死んだの？」

メルは一瞬黙った。「本当に知りたい？」

「そうだと思う」
「植物を結ぶのに彼が使った緑色の丈夫な縒《よ》り紐で、絞殺されたんだ」

24

「オムレツだって！」料理教室から娘たちを連れて戻ると、シェリイは言った。「今日はオムレツの作り方を習ったんだって。少なくともお上品なチキン料理よりは、まあ無理のない料理よね、ジェーン。聞いてるの？」

「あんたに話さなきゃいけないことがあるけど、家の中で子供たちがこう群れてちゃ、話せない。先に、あたしのテレビを見にいこう」

すでに全部を設置し終えていたマイクとスコットは、ジェーンのベッドに寝ころび、きわめて悪趣味な映画を見ていた。ジェーンとシェリイが部屋へ入ってくると、二人は慌てまくってニュース番組にチャンネルを替えた。

シェリイが手を握り合わせて大声をあげた。「どうよ、すてきじゃない？　きれいな画像。大型画面。キャビネットもすごくここに合ってる。これを買うことに決めてよかったでしょ、ジェーン？」

「どうかな。二度とベッドから出たくないっていう、とてつもない誘惑が生まれそう」

「マイクとスコットがこのゴミ全部を片づける間、外に出てようよ。諸君、取扱説明書と保証書は全てキャビネットの抽斗に入れておくこと」

マイクが眼をぐりぐり回した。「俺たち、そこまでは考えてなかったな」皮肉を言って微笑みで和らげる。

ジェーンの話さなきゃいけないことというのを、シェリイは聞きたくてたまらなかったので、頼まれもしないのに、ジェーンの分のアイスティーをパティオへ持っていった。そして勝手口のドアを彼女のために押さえてやった。パティオの椅子のクッションまで、フワフワに膨らませてやったのだ。

会話が立ち聞きされない場所に落ち着いたところで、ジェーンは言った。「あんたがいない間に、メルが電話をかけてきたの。警察がイーストマンを見つけたんだって。彼は死んでたの」

「まさか！　そんなの嘘でしょ！」

ジェーンはメルが話してくれたことを繰り返した。

「怖いよね。しかも、本当に受講者の誰かが犯人だって指してるってことだよ。以前ならとても信じられなかったけど」シェリイは言った。

「なんでそう判断できるの？」

「同じ講習会の講師二人が、立て続けによ、ジェーン。一人は暴力を振るわれて、もう一人は死んだ。このつながりは見逃せないよ。警察だって見逃さない」

「でも、シェリイ、受講者はみんなごく普通の感じのいい人たちなのに」

「そうでもないよ。あんたとあたしは、感じのいい普通の人。だけどチャールズ・ジョーンズはアイロン台だし、ミス・マーサ・ウィンステッドはイーストマン博士との間に、長年の恨みの歴史があって、そのことを平然と喋ってる。ウルスラはイカれてるし。アーニーも別の意味で同様」

「ミス・ウィンステッドは確かにその通りだよ。でも小さな人だし、年も取ってる。彼女が大きな男を打ち負かして、さらにコンポスト容器の中へ落とし込むとこなんて、想像できる？それにあたしたちの知る限り、彼女はジュリー・ジャクソンにはなんの恨みもないよ」

「それはどうかわからないよ。彼女はジュリーのことをよく知ってたし、彼女の社交生活についても新聞を読んで追ってた。実はイーストマンを憎んでたのと同じくらいに、彼女のことも嫌ってて、それを黙ってるだけの判断力があったってことかもしれない」

「そうなのかも。だけどあの体格では、やっぱり彼女には無理だよ。精神的には強靭だけど、小さくてか弱い人だもん。あんたも聞いてたよね、庭の力仕事をしてもらうのに男の人を雇ってるって彼女が話してたのを。周りにあるあの無数の岩を動かして、筋骨隆々になってるわけじゃないよ」

「じゃあ、アーニーは？」シェリイが次の可能性をほのめかした。

「無理があるな。彼がすごく変わってるのは認める。それに消防士だったし、たぶんあの歳にしては力があると思う。消防士って丈夫でなきゃできないもん。だけど彼の頭に取り憑いてるものは、どちらの講師ともまるで関係ないよ。彼は亡くなった妻のことしか考えられないし、妻がまだ生きてることにしようとしている。どちらの講師とも、なんらかのつながりがありそうには見えない」

「チャールズ・ジョーンズは？」

「彼のことが頭に浮かぶのは、彼が好きじゃないからだよ、シェリイ。いくら堅苦しくて、きちんとしすぎてて、退屈な人だからって、誰かを殺すほど憎しみに満ちてることにはならない。イーストマンはジョーンズの庭を批判したりしなかったしね。それどころか、ジョーンズの庭作りの方法にわずかでも良さを認めたのは、イーストマンだけのようだった」

「でもね、庭の趣味は完全に別として、ジョーンズとイーストマン博士の間に他にどんなつながりがあったかは、あたしたちにはわからないよ」

「あの二人は会ったこともないみたいだった」

「なんらかの理由で、知り合いだということをお互いに隠そうとしてたのかも」おいしい骨に嚙みつく犬のように、シェリイは食らいついた。

ジェーンはシェリイの意見を相応に評価した。「チャールズ・ジョーンズが冷たい人間なのは、あたしも認める。彼の家からも庭からも、完璧にアイロンがけして唾をつけて磨いたようなあの態《なり》からも、徹底した完璧主義者なのが見て取れるもん。あまり感じのいい人間でもないしね。ウルスラと彼女の庭のことで、彼が文句を言ってたの。ウルスラの庭にはダニがいるから、パティオから向こうへは絶対に足を踏み入れないって。これっぽっちも好きにはなれないけど、彼が何かを、ううん、どんなことでも激情に駆られてやるとは思えない。どんなことにも、情熱のかけらすら持ってるようには見えないもん」

「ジェーン、彼の庭を思い出してよ。彼はとても支配欲の強い人間よ。植物をあんなふうに苦しめて隔離するやり方に、それが特に出てる」シェリイはそう言って立ち上がると、車のキーをチャリチャリ鳴らした。「まあ考えてみて。その間に、あたしは女の子たちを食料品店に連れてって、割れたり、殻が汚れたりしてない卵を買う方法を教えることにする。あの子たちは、サルモネラ菌のことも知っとかないとね」

ジェーンは悪いほうの足を椅子に上げて、シェリイが言ったことを考えた。受講者たちについての二人の限られた情報からすると、厳密には誰一人として普通ではなかった。ウルスラは人格の異常性では抜きんでている。ジュリー・ジャクソンとスチュワート・イーストマンが危険な陰謀に加わっているという、イカれた説にまで彼女の妄想が達した可能性はあるだろうか？　そしてその陰謀を、自分が排除しなくてはならないと考えたということは？　彼女が信じているものの奇怪さを考えれば、確かにありうることだ。

それに彼女は大柄な女だ。あれだけの墓石を一人で掘り起こし、自分の庭に運んで動かして回ったのなら、死体をコンポスト容器に押し込むだけの力はあるだろう。その一方で、常に陽気で自分の考えをあけっぴろげに口にし、誰かがその考えは正しいのかと疑っても、全く腹を立てていないようだった。それにジェーンの世話を焼いたのは、やさしさからだ。たとえそれがむだで余計なお節介だったとしても。

人の本性を見抜ける力を、ジェーンは自負することがよくあったが、今回ばかりは失敗のようだ。ウルスラとは望む以上に、というより必要以上に一緒の時間を過ごしたのに、本当に彼女を突き動かすものについては、今もわからないままだった。

それにチャールズ・ジョーンズのことも理解できない。彼は堅苦しくて気難しく、異常なほど整理好きな男だ。その上、独り善がりの道徳家然としたところがある。だが、彼の知られていない生活がどんなものか、ジェーンには全くわかっていないのだ。彼はひそかにモーツァルトやジャクソン・ポロックを愛しているのかもしれない。性別を問わずセクシーな恋人がいるかもしれない。熱狂的な右翼の支持者かもしれないし、ナチの地下組織のスパイかもしれない。横柄で鹿爪らしい見かけの裏にあるものを、誰が推測できるだろう？

ミス・マーサ・ウィンステッドにしても、これまた同様に相当な謎だった。結婚したことはあるのだろうか？　子供は？　旅行はしてる？　どういう生まれ育ちなのだろう？　そして何よりも、スチュワート・イーストマンへの憎しみは、正当なものなのだろうか？　どんな話にも常に別の側面があるし、彼の取った行動は容認されたかもしれない。ただし、彼の側の話を聞くことはもうないのだ。

大切ないとこを、ミス・ウィンステッドはとても従順でやさしい人だと表現していたが、実際は激高しやすい質《たち》の女で、単なる愚かさからか悪意からか、夫の出世への階段を壊そうと決意していたのかもしれない。彼女が病気の時に離婚のための書類が届いたいきさつも、大げさに言っただけか、ひょっとしたら全く真実ではなかったかもしれない。彼らの結婚については、濃い色眼鏡で見たミス・ウィンステッドから話を聞いただけなのだ。

ミス・ウィンステッドは鋼《はがね》のような気骨を持ち、ほとんど自説を曲げず、自分がいつも正しいと信じている。それに穿鑿《せんさく》好きだ。ジェーンもそれなりに穿鑿してきてはいる。しかしジェーンの場合は、よく知らない人間と噂話をして意見を交換したりはしない。シェリイが相手の時だけだ。ミス・ウィンステッドは二人を相手に、他の受講者について、ずいぶん噂話をした。ジェーンもシェリイも、まだほとんど知らない相手だったのに。

とはいえ彼女は小さな女であり、六十代の半ばにはなっているだろうし、節くれだった手は小さく、腕は細かった。そんな彼女が大柄な二人の人間を、どうやって制するというのか？

そういえばその二人、ジュリー・ジャクソンとスチュワート・イーストマンに共通するものはなんだろう？　どちらも、似たような状況で植物関係の仕事をしている。どちらもこの地域につながりがある。といっても、イーストマンはおおかたよそで暮らしているが。どちらも大変な高学歴で、自分たちの活動分野で尊敬されているらしい。それから、ジュリー・ジャクソンは講義をすることに同意し、スチュワート・イーストマンはその講義を彼女から引き継いだ。

誰かが二人の関係を疑ったか、あるいは嫉妬したのか？　実は誰かに対して、二人が悪巧みでもしていた可能性は？　それとも二人が悪巧みをしていると、誰かが誤解していたら？　ジェーンは自問してみたが、答えは浮かばなかった。ミス・ウィンステッドとチャールズ・ジョーンズ以外は、誰も庭作りに本気で取り組んではいなかった。その二人にしても、そればかりに熱中しているわけではない。ミス・ウィンステッドは今も図書館でボランティアとして働き、新聞を読み、ジェーンやシェリイのような新しい知り合いともお昼を食べにいく。ジェーンの記憶が正しければ、ジョーンズはコンピュータ関連の仕事をしている。

ウルスラにすら、ただの植物や花よりもずっと高い関心を持っているものがあった。はるかに高い関心である。時々世話をしている小さな老婦人たち。ペット。鳥の餌やり。これまでに刊行された陰謀に関する本全てを読むこと。

アーニー・ウェアリングの場合は、庭作りにはなんの興味もない。基本的なことさえ知らなかった。いつの日か妻が戻ってきて、わたしを忘れたのねと詰《なじ》られるとでもいうのか、彼が心配するのは、亡くなった妻の暮らしをそのまま存続させることだけだった。植物に対しては責任を感じるだけで、園芸学に愛情があるわけではない。それから、彼もいくつかのことで忙しいようだ。料理。体が利かないと思われる人に食事をさせること。それからこれは推測だが、コンピュータを使って何かしていて、机にあったあの書類も、彼が追っている特別な関心事についてのものなのだろう。

それなら、あとは誰？　ステファンだけだ。彼とジュリーのつながりは、感情を伴わないデートを数回したこと。もし彼が言っているのが真実ならばだ。たぶん真実なのだろう。メルも半分は彼の言葉を信じていた。尋問した際には率直に話をしたし、うかつにも動機となるようなことを自分から喋ったのだからと。メルが警察に連行しにきた時も、ステファンはまさに協力的な無辜《むこ》の人だった。隠すことなど何一つないといった風情《ふぜい》で。ひょっとしたらシェリイの言う通り、彼はすばらしい役者なのかもしれないが、ジェーンは否定的だった。講習会の初日、明らかに彼はイーストマン博士に怖気づいていた。あの日は感情を隠せていなかった。

ようやくテレビを諦め、芝刈り機を二機種携えて出てきたマイクとスコットが、派手に騒音を立て始め、庭仕事をする良い子のショーを繰りひろげた。

ジェーンはその場に坐ったまま、襲撃事件と殺人事件についてじっと考え続けていた。考えに入れておくべき人って、あとは誰がいる？　誰もいない。

ただし、ジェニーヴァ・ジャクソンとその夫がいる。

彼らはジュリーを知っているどころか、親族だ。それにジェーンには、ジェニーヴァがイーストマン博士ともよく知った仲だという気がしていた。

25

シェリイの娘デニスとケイティとケイティの親友のジェニーとが、その夜は結構な夕食を作った。三人はそれぞれ自分なりの小さなオムレツを作ったが、それがとてもよくできていた。ジェーンはチャイヴとサワークリームのオムレツを選んだ。シェリイは、カリカリのベーコンと細かくカットしたトマトのほうにした。料理の先生のお勧め通りに三人が出した小さなミックスフルーツのデザートは、最高の締めになった。自分たちで決めて添えることにした小さなマシュマロだけが、余計だったけれど。フルーツが出される頃には、少しぬるっとなっていたのだ。

庭で働いていたマイクと友達のスコットは食欲旺盛で、大変な量の料理を食べつくした。

「今回は、洗い物の監督をするのはやめておいて」ジェーンはシェリイに注意した。「あの子たちが自分からそれを思い出してやるかどうか、見てみようよ」

女二人はジェーンの寝室に坐って、満腹と満足を感じていた。シェリイはジェーンのベッドの角に浅く腰かけていた。ジェーンはベッドの頭側にいて、悪いほうの足を枕に乗せていた。今夜はいつもより痛みがいくらか強いので、少し甘やかしてやらねばと思ってのことだ。二人は庭作りの番組を見ていた。

「この男ったら、十エーカーある庭を完全に自分一人で世話してる、だって」シェリイが言った。「あたしは信じないな」

「あたしは講習会の受講者のことを、ずっと考えてる」ジェーンは言った。その番組の庭師が自分の仕事をやってるかどうかなんてことは、たいして気にならない。それは、シェリイだけが不機嫌になれる類のことなのだ。

「それと、殺人のこと?」シェリイが訊いた。

「あんたが出かけてた間、外に坐ったまま講習会にいる容疑者のリストを見直してみたの。何人かについては弱い動機を考えついたけど、どれもあまり説得力のないものばかりでね。そしたら、ジェニーヴァと彼女の夫にいきついたの。あたしたち、どっちもあの二人のことを忘れてしまってた。一番可能性がありそうなのに。最も暴力的な行為は家族の中で起こるもの、だと思う。メルが言ってたんだけど」

「あたしも聞いたことがあるな」シェリイは言った。「で、その理由は?」

「第一に、ジェニーヴァはジャクソン博士の姉だということ。姉妹の仲はうまくいってなかったのかもしれない。もしかしたら、二人は昔から対立してたとか。それに、ジュリーにあたしたちの知らない子供か兄弟がいなければ、たぶんジェニーヴァが彼女の相続人になるってこと」

「ジュリー・ジャクソンがお金持ちだと思ってるの?」

「いつもああいう慈善事業のパーティに出かけるくらいだから、そのはずだよ。うんとお金を寄付して、しかも着飾る余裕がなかったら、招待してもらえないって」

「あたしは、そんなふうに考えたことはなかったな」シェリイは正直に言った。

「それに、メルが言ってたことを思い出してよ。彼女は貴重な置物や高価な芸術品っぽいものをたくさん家に置いてた。だから、侵入者がそれらを盗まなかったのはなぜだろうって、メルは不思議がってた」

「もし彼女を襲ったのがジェニーヴァかその夫だとすると、何も持ち出そうとはしないよね。だって彼女が死んだら、どうせ自分たちのものになるんだもん。なるほど、あんたの話の方向は見えた。だけど、どうしてあの夫婦は彼女のお金がいるの？　ジェニーヴァの夫は神経ナントカでしょ。ぼろ儲けしてると思うけどな」

ジェーンは肩をすくめた。「彼があまり優秀じゃないのかも、あるいは儲からない病院なのかも」

「それでもジェニーヴァは試験者《トライアラー》の仕事をしてるみたいよ。少なくとも、あたしはそういう印象を持ったけど」

「その仕事をしても、お金持ちにはなれないんじゃないかな」ジェーンは言った。「それに、きっとやることがたくさんあるだろうし」

二人は数分間黙り込み、テレビ番組の男が自分の広大なホスタの庭や、自分が育てた珍しい植物について、鼻高々に喋っているのを見ていた。ついにシェリイが口を開いた。「ちょっと前に、頭に浮かんだことがあるの。前にも言ったと思うけど、アーニーのこと。年を取ってくると、自分の近所で何が起こっているかに眼を光らせている人が多いでしょ。だから、危険と噂話の両方に警戒を怠らないんだと思う。アーニーの書斎は家の正面側に窓があったんじゃない？」

「大きな窓が二つ、その前に安楽椅子とサイドテーブルが置いてあった」

「じゃあ、彼はご近所に属していないとか、疑わしいとか思うような人か物を見かけたんじゃないかな。だけど、それらをジャクソン博士の襲撃事件とは結びつけて考えてないだけなのかも」

「彼に訊いてみようって、言ってるの？　メルは喜ばないと思う」

「あたしたちがアーニーから貴重な記憶を引き出せたら、喜ぶって」

「彼の家を訪ねる口実はどうするの？」ベッドからギプスに巻かれた足を振りおろして、ジェーンは訊いた。

「彼は料理好きだから、あの子たちのオムレツのレシピを持ってくのよ。ダーリーンのレシピ集から、手をひろげたくなるかもよ」

「それはどうかな。でも、いい口実だと思う」

ジェーンは一階に下りて、基本のオムレツのレシピと、中に入れられる具のリストを書くようにケイティに頼み、一方シェリイは自分の家に戻って留守番電話を確認し、化粧を直した。

それから二人で、アーノルド・ウェアリングの家へ車を走らせた。

彼は驚くと同時に喜んで二人を迎えた。たぶん、ひょっこり訪ねるような友人は、あまりいないのだろう。「入りなさい、お二人さん。どうしたんだね？」

「お渡ししたいレシピがあるんです。実際の料理も持ってきたかったんですけど、なにせオムレツは傷みやすいので」シェリイが説明した。

アーニーは二人をリビングルームに招き、ジェーンを坐り心地のよい椅子に坐らせ、悪いほうの足をオットマンに乗せた。彼とシェリイは、家の正面にある窓に並行して置かれている長いソファに坐った。彼はレシピに眼を通し、作ってみよう、おいしそうだ、と言った。シェリイは揺り椅子に見入っていた。椅子の横には編みかけのアフガンがあり、椅子の背にはピンクのセーターがひろげてかけてある。

ジェーンはアーニーに、娘たちが料理教室に通っている話をした。彼は喜んだ。「近頃の若い女性のほとんどは、料理の仕方を習わんね。みんな料理店へ行くか、持ち帰りの料理を買うかだ。ダーリーンなら、そんな真似をするのに反対しただろうな。あんたたちは、娘さんたちにとって正しいことをしてるんだ」

「アーニー……」ジェーンは躊躇しながら言った。「あたしたち、お訊きしたいことがあるんです」

「ああ訊いてくれ、答えを知っとるとは限らんが。わしは妻ほど教育がなかったからな」

「教育についての質問ではなくて、観察についてなんです。思うんですけど、お一人で暮らしているると、ご近所で何が起こっているかにとても注意を払いますよね。一人暮らしの独身者は、自分の身を守ることが本当に必要ですから。少なくとも、子供たちが学校などに行って家にいない時、あたしはそんなふうに感じてます」

ジェーンはこれが如才ない表現であることを祈り、アーニーが同意してうなずいたのでほっとした。

「今日のようなひどいことが起これば、誰だって用心深くなるさ」彼は言った。

「それでですね、あたしたち思ってたんです。あなたはジャクソン博士の家の本当にすぐ近くに住んでらっしゃるから、彼女が襲われたあの朝に、何かおかしなことに気づいたのではないかと」

さあ、言ってしまった。ジェーンは固唾《かたず》を呑み、穿鑿《せんさく》好きだとほのめかされた彼が怒り出さないことを祈った。

「警察がこの辺に来た日に、わしもそのことは訊かれたがね」アーニーは言った。「どうやらこの区画のみんなに訊いたようだな。何も思いつかなかったんだ……あの時は」

「でも、それから何か思い出したんですか？」気が逸《はや》りすぎているのが声に出ないように心がけ、シェリイは訊いた。

「以前は見たことのない車というだけだ。古い型の。フォード車、かな。黒だったたか、濃い青だったか」

「どこで見たんですか？」

「ジャクソン博士の家のすぐ前さ。あの時は、本当になんとも思わなかったんだ。彼女は客が多いから」

「通りに、それとも車路《くるまみち》に？」ジェーンは訊いた。

「ああ、通りにだ。むろん、彼女の家のお向かいを訪ねてきた誰かかもしれんが」彼はちょっと考えた。「いや、そうじゃないな。あの家の人たちは、子供たちを連れてディズニー・ワールドへ行ってたんだ、わしの記憶違いでなければ。この間の日曜日に、そこの子供たちがミッキー・マウスの顔が描かれたクッションを、わしに持ってきてくれた。いい子たちでな。きちんと育てられとる。うちへ来ると、消防士時代の話をしてやるんだがね」

この話に、ジェーンは胸が温まるのを感じた。隣人が老齢のアーニーのことに気を配り、子供たちも彼を慕っているのは、とてもすてきなことだった。

「するとその車は、ジャクソン博士を訪ねてきた誰かのものということですか？　こうして思い出したのですから、警察に話すべきだとは思われませんか？」警察、という言葉を、ジェーンは口にするのもためらった。警察が彼の——というよりダーリーンの家に来た時、アーニーは発作を起こして倒れそうだったから。

「まあそうだな。しかし、たいして助けにはならんだろう。フォード車だったかどうかも、はっきりとはわからんし、黒だったかも、濃い青だったかもしれん。あまり警察の役には立たんさ。そんな車は何千台とあるだろう」

「それでも……」とジェーンは促した。

「警察にはここへ来てもらいたくないんだ」アーニーが言った。

「それは、当然だわ」シェリイが明るく言った。「警察が来たら、近所中の噂になります。でもね、制服警官と一緒に来た捜査員はジェーンの友達なんです。だから彼女のご近所さんたちは、彼が彼女の家に来るのを見慣れてます。なんならジェーンの家へちょっと寄って、そこで彼に話してもいいんじゃないかしら」

アーニーは言った。「それだったらかまわんかな。そう、明日あんたたち二人の庭を見て回る時にでも」

「そのように手配しておきます。見かけた車のことを話すのは、一分もあれば終わるでしょう。それが有力な情報でなければ、警察は二度とあなたを煩わせたりしません」ジェーンは請け合った。

「わかったよ。さて、時間があるようだったら、あんたたちに見せたいものがあるんだ」

アーニーは二人を裏庭へ連れていき、言った。「あのジャーマンアイリスの株分けの件だが、ミス・ウィンステッドの助言通りにしてみようかと思ってな。秋にやるようにということだった。ただ、株分けしたものは、庭のどこか別の場所へ植えたいと思っとる」

そんなことしないくせに、とジェーンは思ったが、話を合わせてこの訪問がもう少し長引くようにした。もう一度庭を見回すと、またしてもあの哀れげな植物がポツ、ポツと生えているのが眼に留まった。コーラル色の小さなぼんぼりのような花が俯いている。「株分けしたものの一部を、ここにも植えたらどうかしら?」ジェーンは提案した。「ここだと色が映えると思います。それからこの小さな植物は日光を欲しがってるみたい。日の当たる場所に植え替えるといいですね」

ジャーマンアイリスがそのみっともない植物を全滅させてしまうから、とジェーンは考えた。アーニーはうなずいた。それからかがみ込んで花を摘み、数本ずつジェーンとシェリイに渡した。「ぱっとしない花だが、匂いはいい。ダーリーンはサラダ・ドレッシング代わりに、お酢でこの葉っぱを和えたもんだ」

「うまくいった、と思うよ」家への帰り道でシェリイが言った。

「この謎の車の情報がメルの役に立つといいんだけど。さあ、我が家へ送って。パジャマに着替えて、あたしの新しいテレビの前でぼうっとしてたい」

26

講習会最後の日は、あっけない幕切れとなった。イーストマン博士の死は、地元テレビの夜のニュースで伝えられ、疑わしい状況についても言及されたし、金曜日の朝になると、全国放送の一社については、ふざけているともとれる扱い方で報道したが、受講者たちはコミュニティセンターに義理堅く集まった。

ステファンをのぞいて。

彼は前日の夜か、この日の朝早くに来たのだろう。彼が演台に残して帰った手紙にはこんなことが書かれていた。少なくとも一人の受講者が、昨日彼が何気なく口にした話を警察に通報したせいで大変な屈辱を受けたので、今日の講習会には出席しないと。

すると連行された時の彼は、平然としてさほど気をもんでいないように振る舞っていたが、そういうわけでもなかったのだ。ジェーンには全く彼を責められなかった。

みんなしゅんとして、お互いの存在に居心地の悪い思いをしていた。憔悴しきった様子のミス・ウィンステッドが、その件について最初に口を開いた。「これほど完璧にひどい死に方ってあるかしら」

誰も答えないので、彼女は続けた。「あの男とは、長年にわたって非常に不愉快な関係にありましたけど、あんなことは誰にも起きてほしくなかったわ」

「気の毒なことだ」アーニーが援護した。

妹が自宅にのんびりと落ち着いたことから、今朝はやってきたジェニーヴァ・ジャクソンが、アーニーに同調する言葉をぼそぼそ言った。

「わたしたちみんな疑われてるのよ、わかってるわね」ウルスラがずばりと言った。「警察はわたしたちから適当に一人を選んで尋問するだろうし、ひょっとしたら起訴までするかもしれないわ」

部屋が寒々とした静けさに覆われた。偶然にも近づいていた嵐が、ちょうどウルスラが話していた時についに太陽を隠したものだから、部屋は静まり返るのと前後して暗くなった。誰も電気を点けようという気にはならなかった。

「みんなこのまま家へ帰るべきでしょう」チャールズが言った。「庭訪問も講習会もやり遂げる意味はない」

シェリイが声をあげた。「あたしは反対だわ。ジェーンとあたしはみなさんを喜んで庭へお迎えしますから、ご経験から得られたものをあたしたちにも教えてください。みなさんが来てくださるのを楽しみにしてたの。それに、何があってもイーストマン博士は戻ってこないわ。彼の死は確かに悲惨な出来事だけど、誰も途中棄権なんかしないと願ってます」

全員が今の状況とシェリイの言葉に怯え、驚くほど彼女の言った通りにした。

チャールズ・ジョーンズは悔しげに同意した。「短時間の訪問にして、あとはさっさと忘れることだ」

「何も、この経験全てを忘れることはないわ」いつもの極端な見解からすると、ウルスラはかなり穏当な意見を言った。「他にどんなことが起こったって、少なくともわたしはみんなからたくさんの有益な情報を教えてもらったもの。それに、残り二つの庭は見ておくべきだという意見に賛成」

空は暗くなっているし、前日に死体が発見されたしで、その日は冷え冷えとしてきた。受講者たちが庭を見にこなくても、ジェーンはちゃんと納得していただろう。ただ、昨夜晩《おそ》くにメルに電話をかけていたので、そうもいかなかった。彼女はシェリイと一緒にアーニーと話をしたことをメルに告げ、アーニーは自分が見たのが些細なことであっても全て話す用意があるけれど、それはジェーンの家でひそかにメルと会えるならという条件つきなのだと説明していた。

しかし、ジェーンは内心、シェリイよりもジョーンズの考えに賛同していた。みごとな運命の皮肉。あれだけの人を家に迎えるより、さっさと家へ帰って、暗く雨の降るおそれのある一日を、なんの不安もない居心地のいい自分の寝室で、ただぼうっとテレビを見て過ごしたかった。

だがジェーンには、シェリイの願いに背を向け、自分だけ抜けることはできなかった。「先にあたしの家へ、そのあとシェリイの家へ行きましょう。彼女の家の庭のほうがすてきなんです」と言う横で、シェリイが意味ありげに車のキーをチャリチャリ鳴らした。

他の受講者たちも椅子から重い腰を上げ、シェリイとジェーンに続いて駐車場へ向かった。ジェーンをのぞいた全員が自分の車で来ていたのは、おそらく、いざとなったら自由に逃げ出せるようにと思ってのことだろう。

全員が再びジェーンの家に集まると、彼女は精一杯明るくみんなを歓迎した。メルの赤い小型のMGが通りの少し離れた場所にとめてあったのには、気づいていた。彼はそこで待機し、集団から巧みにアーニーを連れ出して話をするつもりなのだ。ジェーンにもアーニーの情報が役に立つかは疑問だったが、深入りしすぎていてもうあとには引けなかった。

ジェーンの庭については、誰もさほど言うことはなかった。ごく最近に植物が鉢植えの状態でパティオに持ち込まれたのが明らかでも、全員が失礼なことを言わないように気をつけていた。ウルスラが質問したのは、ウィラードが損ねた部分を覆っているすてきな小石のことだった。「庭の端からもう一方の端まで、変わってるけど面白い曲線で延びてるのね。でも、今後はどうするつもりなの?」尋常ではないほどの感じのよい配慮がうかがえる訊き方だった。

「小道の両側に沿って地被植物を植えようと思ってるの」ジェーンはその場で考えたままを言った。「適当なお勧めの植物はあるかしら?」

「そうねえ。うちの庭にある地被植物の中から何種類か分けてあげるから、それを試しに植えてみればいいのよ。今からだと季節が少し遅いけど、やってみてもいいと思うわ」

視界の端にジェーンが捉えたのは、メルが合図をする姿だった。それを受けてアーニーが、気の進まない様子でためらいながらも彼のほうへ歩いていった。

ミス・ウィンステッドがジェーンの注意を引いて言った。「あなたの家の裏にあるあの空き地ね、羨ましい眺めだわ。開発の進んだ郊外で、あれほど広い空間が見つかるのは稀なことよ」

この機を捉えてジェーンは、なぜそこがそういうことになったかを説明した。「あれは、建設が計画されていたこの地区で最後の住宅区画だったんです。ところが開発業者が建設プロジェクトの資金面に問題を抱えることになって、誰にもわからない理由で大変な数の訴訟が起こり、それが何年にも長引いて、どこの業者も介入して建設することができなくなってるんです。一時的に住宅所有者協会が、その空き地の景観を守る責任を引き継いでます。あたしたちの会費の一部は、初春の芝刈りとワイルドフラワーの種蒔きに使われてるんですよ」

「すばらしい解決策ね」ミス・ウィンステッドが言った。

「この五年かそこらで、ワイルドフラワーがやっと雑草を負かしたようです。そうでなかったら荒れ地のようになってるわ」ジェーンも同意した。そして自動操縦のようにすらすらと喋り続けた。「正直言って、あたしが生きている間は、訴訟が長引いてくれたらいいなと思ってます。この眺めを失うのがいやで。それにうちの猫たちもあの空き地で楽しんでるので。あそこにぎっしり住宅が建ったら、猫たちは悲しむでしょうし、あたしも同じです」

ジェニーヴァ・ジャクソンも受講者たちに加わって、話を聞いていた。彼女が口を開いた。

「この件は、誰かが記事にすべきよ。荒れ地になった空き地を持つコミュニティにとっては、大変な朗報かもしれないわ」

ミス・ウィンステッドはさっきからちょっと首を傾げ、眼を閉じ気味にして、空き地の景色をじっと見ていた。「ジェーン、この眺めをさらに良くする方法がわかる？　あなたの庭の奥に立っているあのフェンスを、もっと素朴なものにすることね。丸太を割った横木と丸太の柱だけのシンプルなもののほうが、あの空き地の野趣と美しさに合うはずよ」

一行がジェーンの庭からシェリイの庭へ移動を始めた時、アーニーがそっとみんなの中に戻った。彼がいなかったことには、誰も気づいていないようだ。ジェーンはメルと話をしたくてたまらなかったが、姿を消すような真似はしなかった。

シェリイは女の子たちを自分の計画に協力させていた。アイスティーの入った巨大なピッチャーと、砂糖衣のかかった小さなケーキの皿が、ラップにふんわり覆われた状態で置いてあった。華やかな色の皿とグラスがパティオのテーブルに並べられている。

「あたしに差をつけるために、こんな真似をしたんだね」ジェーンは息を殺して言った。

「お店で買った庭から注意をそらすためにやったのよ」シェリイはささやき声で返事した。

誰もごまかされなかった。ちゃんと庭を作っている人には、ジェーンとシェリイの庭が最近トラックで運ばれてきたことが明白だった。「あなたたち、これらをずっと置いとくべきよ」

ウルスラが言った。「園芸農場に返却したりしないで」

「どうしてわかったの？」ジェーンは笑い声をあげて訊いた。

「植物がよくできすぎてるし、どれも鉢がまっさらだから。でもいいのよ。世話をしてれば学ぶことがあるだろうから」

一行は本格的にアイスティーとケーキに手をつけるようになったが、それも稲妻が走り、遠くで雷鳴がするまでだった。すぐにも崩れそうな天気は、客たちにとって逃げ出す格好の口実になった。

「みなさんにお会いできて本当に楽しかったです」それぞれの車へ向かうみんなに、シェリイは慌てて声をかけた。講習会としては、妥当な終わり方ではないようだ。みんな安全な場所へと逃げ出し、おそらくお互いに二度と会わないことを願っている。

「悪くはなかったよ」誰もいなくなると、ジェーンは言った。「少なくとも、こぎれいにしようと努力するほど、自分の庭を大切に思ってるところを見せたわけだし」

「あたしたちがずるをしたの、見抜かれてた」シェリイがそっけなく言う。「ステファンがやったようにやればよかったな。あるがままを見せて、助言をもらえば」

自分の家へ戻ったジェーンは、メルがまだキッチンのテーブルのところにいて、ハムサンドイッチを食べているのを見て驚いた。「悪い。だけど、三日連続で昼飯を食べそこなったんだ。冷蔵庫を勝手に漁ったけど、気にしないでくれるとありがたい」

「ちっとも気にしないわ」ジェーンは言って、彼の隣に坐った。「アーノルド・ウェアリングは助けになった？」

メルは首を振った。「全然。漠然としすぎてる。ジャクソン博士の家の前で見たと言い張ってる車の色も型式も年式も、彼には確信がないんだ」

「言い張ってる？」

「俺の直感では、あれは彼の作り話だ」メルが言った。「寂しい老人で、自分を役に立つ協力的な人間だと思わせたいんじゃないかな。警察はすでに、あの区画に住む彼以外の人間にも全員当たって、ジャクソン博士が襲われた日の早朝に、あの通りで不審な車や見慣れない人間を見なかったか質問している。誰も普段と変わったことは思いつかなかったんだ」

「みんな自分の生活に忙しくて、気づかなかっただけかもしれない」ジェーンは言った。説得力のない弁明だったが、それでも誠実であるためには言うべきだと思った。

「ジェーン、きみにはちゃんとわかってるはずだ」メルはにやりと笑った。「こういう昔からある住宅地には、何か変わったことがないかと眼を光らせている人間がいるものだ。きみとシェリイがそのいい例さ」

ジェーンはその性格づけに反論しかけたが、メルは両の掌を彼女に向けて黙らせた。「批判してるんじゃない。ご近所はそうあるべきなんだ。お互いに目配りし合うのさ」

「じゃあ、あやしい車はアーニーのでっちあげだと、本当にそう思ってるの？」

「思ってる。だけど、制服警官をもう一度全ての家に行かせる。他の誰かもその謎の車を見ていたが、二度目に訊かれてやっと思い出すという可能性も、一パーセントくらいはあるからね」

「あるいは、彼らに好きなだけ想像させる」ジェーンは言った。

「その通り」

「メル、ひどく疲れてるみたい。この事件から、ちょっとだけ離れられないの？ たとえば今夜映画に行くとか」

「それでまたきみに、その松葉杖で罪のない人たちをバシバシ打たせるのか？」

27

シェリイはジェーンをひっぱり回しつつ、女の子たちを料理教室に連れていき、その後は嵐が過ぎるまで二人で少し買い物をしようとしたが、ショッピング街ではジェーンがひどく危なっかしいため、すぐにその努力を放棄した。ただしその前に、一人の店員がジェーンの腕を軽く叩いて訊いた。「どうやって自分の足をそんなふうにしちゃったの?」

「樋の掃除をしてて、屋根から落ちてしまって」ジェーンは言った。

「こんな季節に、またどうして樋の掃除なんかするの?」店員は賢明にも言った。

「あら、年に四回はやるわよ、雨でも晴れでも」

「まあ、あなた、二度とやらないことね。そんなの雇えばやってくれる人がいるんだから」

「次はどんなことを言ってみるつもり?」ヴァンへ引き返す時、シェリイが訊いた。

「まだわからない。アルプスでスキーをしたっていうのは、まだ試してなかったよね? シェリイ、あたしが本当のことを答えるより、嘘を言うほうが人は喜ぶんだよ。舗道の縁石で転んだって言うと、とたんに興味を失って、あたしのことをただ鈍くさいと思うだけ」

「だって、実際そうだったもん」シェリイが言った。

「わっ、今度はなんなの？」

「わからない」前の車からわずか半インチのところで、シェリイはとまっていた。クラクションを大きく鳴らす。「彼女が流れに乗って走ってさえいたら、車間距離が充分あって回避できたのに。ねえ、なんだか停滞してるって感じなの。講習会は終わった。襲撃事件も殺人事件も解決されないまま。いや、解決までほど遠い。あたしたち三振したんだよ、ジェーン」

「まだだよ。あたしたちをのぞいた受講者の生き残りが、ああいう行為を犯したのかもしれないじゃん」

「あたしたちが全く知らないたくさんの人たちもね」シェリイが言い、自分を停止させた車を追い越しながら、不運な運転者を激しくにらみつけた。

「そうは思わないな。あの講習会は変わり者が多いもん」

「誰だってその人なりに変わってるのよ。キプシーを見なさい」

「よくもあの子のことを持ち出してくれたね」

「あんただって変」シェリイは続けた。「自分の足を怪我したいきさつを、あんなイカれた作り話にするなんて」

「でもあたしは自分と他の人たちを楽しませてるだけ」ジェーンは言い張った。「そりゃあ無邪気なもんよ。みんな愉快になるもんね」

「料理教室に寄ってみたい？」

「ごめん蒙《こうむ》る。今夜はどんなものを食べさせられるのか、どうせすぐにわかることだもん。でもオムレツはよかったな。ケイティがあれを週に一度作るっていうなら、喜んでそうさせるのに。あたしは家に帰ったほうがいいと思う。マイクったら、ニットのサマーシャツのボタン穴をいっつもひろげちゃうんだよね。だから、今週のうちに小さくしとくって、約束したの。あれは、このあたしにも努力しないでやれることだし」

「あたしも今週のうちにみんなに電話をかけて、秋の相乗り送迎の分担を決めることになってる」シェリイが言った。「なんであたしったら、いつもこの仕事から逃れられないんだろ?」

「それは、あんたがもののみごとにやってのけるから。まあそれには、みんながあんたに反論するのを怖れてるおかげもあるけど」

二人がシェリイの家の車路《くるまみち》で別れたあと、ジェーンはかなりてきぱきと二階の裁縫室へ上がって、マイクのシャツ類とボタン穴と同色の糸全てを持って一階へ戻った。リビングルームに腰を落ち着け、キャサリン・ヘプバーンのさほど評価の高くない古い映画を見ながら、縫物をした。だが彼女の意識は、まだ今週の出来事に向いていた。いったい誰がなんでジュリー・ジャクソンを襲い、さらには彼女の植物学の講習会を引き継いだ講師を殺したのか? 単なるおそろしい偶然? そんなものは認められない。それにシェリイの言った通りで、受講者全員が正常からはややずれていた。

度を超した整頓好きで堅苦しいチャールズ・ジョーンズは、確かに尋常ではなかった。その上、気難しい。彼が講師のどちらかに、あるいは両方にどんな恨みを持ってたかなど、わかったものではなかった。

マーサ・ウィンステッドもこれまた普通ではなかった。今までジェーンが会った中で最も強い老婦人の一人だ。普段なら、自分もいつかそうなりたいと思っているだけに、ジェーンは強い老婦人にぐいぐい魅かれる。ところがどういうわけか、ミス・ウィンステッドには居心地の悪さを感じるし、その理由がよくわからなかった。

ウルスラ・アップルドーンは一番の変わり者だった。やさしいが威張り癖がある。頭はいいのに、陰謀説が詰まっていてイカれてる。

アーノルド・ウェアリングはやさしい老紳士で、死んだ妻の思い出を生かし続けることに痛ましいほど執着していた。

そして、ステファン・エッカートの心を動かすものについては、ジェーンにはさっぱりわからなかった。見たところはとても魅力的で感じがいいのに、罪のないものと彼は主張したが、どうも罪を犯していそうに思えるメッセージ付きで、ジュリーに花を贈ったことから、あと一歩で有罪になるところだった。

ジェニーヴァ・ジャクソンとその夫については、どんなことを企んでいるか誰にも推測できない。夫婦は、ジュリー・ジャクソンとスチュワート・イーストマンを結ぶ接点である可能性が高かった。少なくともジュリーとジェニーヴァとスチュワートは、仕事のうえで重なり合う部分がある。そういうことなの？ 仕事上の取引がひどくこじれたってこと？ 生き残って無傷なままなのは彼女だけ？ だがおかしなことに、あの講習会にいた人たちの中で、ジェニーヴァは一番正常に見えた。ジェーンの思い出せるところでは、ジェニーヴァが自分の庭の趣味について話したことはなかったし、ステファンとアーニーに自分の趣味を押しつけようとしなかったのは、彼女一人だけだった。

勝手口が開いて、毎度のことのようにメルが呼ばわった。「どうしてきみはただの、一、度、も、ドアに鍵をかけないんだ？ この家の中にいるのはわかってるんだぞ。シェリイのヴァンが、彼女の家の車路にあったんだからな」リビングに入ってきて、彼は大声をあげた。「うわあ、なんとも家庭的な情景じゃないか！」

「ボタン穴を縫ってるだけなのに」

「どうして今まで言ってくれなかったんだ？ 俺もボタンには助けが欲しいのに」彼が言ってジェーンの隣に腰をおろしたので、指ぬきがソファのクッションの間に消えてしまった。

「今日の仕事はもう終わったの？ 映画に行く件、考え直したい？」ジェーンは訊きながら、ほつれた糸を鋏でカットし、次のシャツを手に取った。

「いや、ただきみの豊かすぎる想像力に、いくつか情報を提供したかったのさ。受講者についてできる範囲で調べてみた。ステファン・エッカートは女子学生を殴った件で一度逮捕されている」

「まさか！」

メルは肩をすくめた。「裁判には至らなかった。結局は女子学生が、自分の眼の周りに痣《あざ》を作ったのは自分の恋人だったことを認めたんだ。ステファンのせいにしたのは、彼女の学部の担当アドバイザーだった彼が、彼女の講義の選び方に失望したからだそうだ。それとミス・ウィンステッドは、イーストマン博士を憎んでいることについて、きみに真実を話してないな。いとこが死んだ時、ミス・ウィンステッドは彼を裁判所に訴えた。いとこはおばから多額の遺産を相続していたらしく、遺言状を書いてなかったので、その金はイーストマンのものになったようだ。ミス・ウィンステッドは裁判をずるずると長引かせ、たまらなくなった彼は、もう彼女に煩わされないようにとうとうその金を諦めた。その頃には、自分でうんと稼いでたってことだろうな」

「おばからの遺産だなんて、よく言ったもんだわ」

「彼女はきみにそんなふうに言ったのか？　抜け目のない老嬢だ」

「ウルスラのことは？」

「立証はされなかったが何度か薬物使用の疑いがかけられ、二度は逮捕に至った。その前に、軍が求めたほど厳密に規則を守らなかったかどで、ヴェトナムから強制送還されている。その件の報告書は非常に曖昧だ。ヴェトナムでは看護師としてすぐれた評価を得ていた。だから本人が拒否していたのに、なぜ本国に送り還されたかがわからないな」

「チャールズ・ジョーンズは？」

「彼の経歴には傷一つない。所得税の支払いが一度遅れたぐらいだ」

「彼って、所得税の申告書を早々に送るタイプだと思ってたのに」ジェーンは言いながら、小さくしすぎてしまったボタン穴にボタンを押し込もうとする。

「それからアーニー爺さんは、消防署での仕事でたくさんの賞をもらってたよ。多くの人命を救った功績があった。火事場では、本当にアドレナリンが放出されたような状態になって、他の者は絶対にやらないような危険なこともしたそうだ」

「それを聞いても、なぜかびっくりしないわ」ジェーンは言った。「ねえ、アーニーの奥さんが亡くなる頃、ウルスラがお世話をしてたってことはないよね？」

「わからないな」

ジェーンは言った。「ああ、いいの。どうせ辻褄の合わないことだから。あの二人には何も起きていないわ。それにどちらも、お互いについて悪いことは言ってないし。気にしないで」

メルが立ち上がって伸びをした。「さあて、過酷な職場に戻るとするか。きみとシェリイは、豊かすぎる想像力をしばらくは今教えた情報に注いでくれ。そしたらビリヤード場なんかに近づかなくてすむ」

「それはどうかな」ジェーンは言った。「あたしの松葉杖で球を撞《つ》く方法を習ってもいいかも。そういうのは合法なの？」

「それはどうかな。まあ、やってみろよ。じゃあまた。ドアに鍵をかけろよ」メルはこの前よりもちょっと真剣なキスをしてから、帰っていった。

ジェーンはシャツを仕上げると、女の子たちが夕食のプロジェクトに取りかかる前に、自分にできる範囲で掃除をしておくことにした。猫たちを怖がらせて家から追い出してから、床用モップと松葉杖とを巧みに操ろうとしてみる。リビングルームの一番向こうで、ウィラードが情けなさそうな低い声でうなった。

ジェーンはアーニーがくれた花を倒してしまったが、それを生けておいた小さな花瓶は壊れなかった。それから冷蔵庫に小さな凹みを作ったし、椅子ごと倒れかけもした。終わってみれば、全然きれいになっていないようだ。

両手がにちゃにちゃするので、ジェーンはにおいをかいでみた。

すると、光が差してきた。まだまだかすかだが、理解力にちろちろと火がついた。

28

ジェーンはリビングルームに坐り込み、テレビを消して、いつまでもひたすら考えた。ピースが正しい場所にはまり始めた。だがそれは、今思い出していることが正しければの話だ。気の毒な老齢のアーニーのように、ジェーンもこの一週間は、自分の片足にやや取り憑かれた状態で過ごした。生涯ギプスをつける羽目になったら、彼と同じくらいおかしくなってしまうかもしれない。

誰もが犯人でありうるが、ジェーンが考えている人物は、彼女が見たもの——それにかいだもの——が正しければ、全ての要件を満たしているのだ。

シェリイの帰りを、ジェーンはどうにも待ちきれなかった。シェリイなら説得して思いとどまらせてくれるだろうし、それをありがたく思うだろう。ジェーンはヴァンが戻ってくるのが見えるキッチンへ行った。そして待った。なおも待った。また食料品店で大量に商品をかっさらっているのに違いない。今日の夕食には、いったい何を作るつもりなんだか。

シェリイが食料品の詰まった袋を一つ持って入ってきた。「今夜はデザートだけ。ブラックフォレスト・ケーキよ。チェリー・ヒーリング（サクランボが主原料のリキュール）を買いに、酒屋さんに寄らなきゃならなくて。こんなもの、初めて知った」

「デザートしか食べないの?」

「ううん、夕食はあたしが春巻きを作る」

「外へ出よう。あんたに試してみてもらうことがあるの、誰にも見られないとこで」

まずは他の受講者たちについてわかったことがあったというメルの話の内容から、ジェーンはシェリイに説明した。

「それには、取り立てて何もないんじゃないの?」シェリイが言った。

「でも、キッチンを掃除してた時に、においに気づいたの」

「ライゾール(液体洗剤の商標)かな」

「違う。あたしの手をかいで」

「どうしても?」シェリイはそうっとにおいをかいだ。「ユーカリ?」

「ううん。もう一度考えて。さあ眼を閉じる」

シェリイは眼を閉じ、もう一度クンクンかいだ。「ああ、わかった。だから何?」

ジェーンは説明した。

シェリイはジェーンが思っていた通りに、彼女の推測に逐一反論した。

だがジェーンは言った。「必要なことは、ジュリーの家をちょっと訪ねることだけだよ。お見舞いに。夕食のあとで、あの子たちが作ったケーキを持っていこう。お見舞いのプレゼントにぴったりかも」

「あたしたちは彼女のことをほとんど知らないじゃない。それに、あんたの考えはおかしいって。ジュリーたちに家から放り出されちゃう」

「でも、もしあたしが正しかったら？　それはジュリーにしかわからないことなの」

「ジュリー・ジャクソンは記憶喪失だよ、忘れたんなら言っとくけど」

「記憶がないのは、襲われた時のことだけだよ。怪我をする前のことは全部思い出したって、メルは言ってる。それに知る必要があるのは、そこだもん」

ケイティとデニスとジェニーは、ブラックフォレスト・ケーキを作り始めて早々に、キッチンを破壊しかけていた。三人が何をしているのかを、ジェーンは見ないでおこうと努めた。二階の自分の部屋の内線からメルに電話をかけ、怪我をする前に起こったことをジュリーがほとんど思い出していることを確認した。

「何を考えてるんだ？」メルは警戒するように訊いた。

「一つ質問して、彼女の仕事場をちらっと見るだけ。あたしが間違ってたら、もう何も言わない。シェリイはあたしの間違いだって確信してるわ」

「ジェーン、ばかな真似はしないでくれよ、いいね？」

「あたしたちに危険は全くないわ。約束する」

マイクが夕食の席に現れた。「ママのお庭訪問はどうなったの？」

「偽物だってことはみんなにバレてた」ジェーンは答えた。

「ケイティと友達がキッチンをどんなふうにしちゃったか、もう見たの？　何を作ってるのかな？」

「ブラックフォレスト・ケーキ。キッチンはちらりとだって見るのが怖い」

マイクはそのケーキを大いに気に入り、他のみんなも同じだった。女の子たちは、キャビネットの前部分にこぼしてバターが飛び散ったのや、サクランボのリキュールの染みがついたのを、ちゃんときれいにしていた。マイクにケーキを食べつくされないためには、闘いになった。ジャクソン家に持っていくために、ジェーンはしるしばかりの小さな三切れをカットして、確保しなくてはならなかった。いつか週末にもう一度そのケーキを作ってくれと、マイクはケイティに頼み込んだ。「これならサンドラがきっと感動してくれる」と言って。

ジェーンは大変な自制心をもって、サンドラとは誰なのかと訊くのを我慢した。マイクはキプシーの本名を明らかにしただけなのか、それともサンドラという新しい子が出現したのか？

ジェーンは前もってジェニーヴァ・ジャクソンに電話をかけ、シェリイと一緒にケーキを持って寄らせてもらってもいいかと訊いた。ジェニーヴァは喜んだ。「うちは夕食を持ち帰りのバーベキューですませたんだけど、三人とも全然口に合わなかったの。デザートがあると嬉しいわ。コーヒーを大きなポットで用意しておくわね」

幸いなことに、二人が到着すると、ジュリーは地下の仕事場に戻っていた。「一階へ上がるように彼女に声をかけるわ」ジェニーヴァが言った。

「どうぞお気遣いなく」ジェーンは答えた。「あたしたちが下へ会いにいくわ」

二人で地下へ下りると、ジェーンは感じよく、だがてきぱきと話した。「ジャクソン博士、あたしはジェーン・ジェフリイです。前にお会いしたことがあります」

「町議会での猫を鎖につなぐって騒動の時ね」ジュリーが笑った。

「こちらはシェリイ・ノワック、あたしのお隣さんで親友です。あたしたちは、あなたが講義することになっていた植物学とガーデニングに関する講習会に登録してました。差し支えなければ、三つ質問をさせていただきたいんです」

ジュリーは驚いた顔をした。「かまわないと思うわ。答えられるといいけど」

「よろしく。一つ目、あなたのファイル用の抽斗をどれか一つ開けてもらえますか？」

ジェーンの精神状態を案じているようにも見えたが、ジュリーは抽斗を引き開けた。ジェーンはうなずいて礼を言い、二つ目の質問をした。「ここに講習会の人たちのリストがあります。誰か知っている人の名前はありますか？」

ジュリーはリストをじっくり見た。「ほとんど知ってるわ」

「あなたがどんなお仕事をしているにせよ――申し訳ないんですけど、あたしにはよくわかってないんです――このリストの誰かのために、そのお仕事をしたことはありますか？」

「この二人から、特許に関する試料を分析するように依頼されたわ」彼女は鉛筆を取って、二つの名前に印をつけた。

ジェーンはそっとシェリイを肘で突いた。「あたしの考えが正しかったようです。本当にありがとうございました、ジャクソン博士。ブラックフォレスト・ケーキとコーヒーが一階に用意されてます。ご気分はどうかしら、食べられそうですか?」

ジュリーは微笑んだ。「ほぼ五日間も病院食を食べたあとで? もちろんいただくわ」

ジェーンとシェリイは適当にお喋りをして、それぞれ一杯ずつコーヒーを飲みほすと、ずらかった。

家をめざして車を走らせるや、シェリイが言った。「こんなのなんの証拠にもならない」

「でも証拠はある。まだ破棄されていなければ、メルならそれを手に入れられるよ」

ジェーンはまっすぐ家へ帰って、メルに電話をかけ、自分の考えた事件のあらましを説明した。彼もシェリイと同様に、ジェーンのイカれた推理をばかにした。しかしすでにシェリイと徹底的にやり合い、彼女の反論を制圧したジェーンには、攻撃態勢が整っていた。

「ジェーン、この話を信じてるふりはしないよ」

「いずれにせよ、確認して」

「そうしなけりゃならないようだな」

土曜日、ジェーンは片時も電話から離れなかったが、メルはかけてこなかった。自分で手がかりを見つけたか、あるいは、なおも彼女の話を咀嚼しているかだ。彼を追い詰めて、どっちなのよと迫るほど、ジェーンは愚かではなかった。

日曜日の朝、メルが電話をかけてきて言った。「迎えにいくから、ドライブに連れ出してもかまわないかな？　そうだな、きみが松葉杖で誰かに怪我をさせる心配のない、どこかの田舎へでも」

練習を繰り返したらしきせりふだった。面白がらせるつもりが、失敗している。

ジェーンが支度をして外で待っていると、彼が車で到着した。彼女は松葉杖をぶつけて車体を凹ませないよう気をつけながら、小さなMGに体をくしゃくしゃに丸めて入れた。町からずっと離れたところまで来て、やっとメルが言った。「きみが正しかったよ。彼はきみの想像通りのことを、そしてそれ以上のことも認めたんだ」

「信じないだろうけど、正しかったことが申し訳ない気持ちよ」ジェーンは悲しそうに言った。

「全てを聞いたら、そうは思わなくなるかもしれないよ。彼からもらった花の件は、きみの言った通りだ。ジャクソン博士が何もかも説明してくれた。ファイルは仕事場からなくなっていたけどね。ダーリーン・ウェアリングがずっと育てていたのは、ジャクソン博士が突然変異体と呼ぶ、自然に変異したマリーゴールドだった。アーニーからきみがもらったあの哀れな植物は、ダーリーンの種の子孫だったんだ。亡くなる一年前に、彼女はイーストマン博士に種を送った。彼の講演を聞いて、自分が見つけたものに関心を持ってもらえるかもしれないと考えたんだ。彼は、その種で栽培した植物はどうしようもないものだったと返事をした。形にまとまりがなさすぎる、色が一定しない、茎が弱すぎる、などなど、他にも批判が並んでいた。あるいは、彼女が批判と受け取ったものがね」

「でも、彼はその種を栽培したことを認めたの？」ジェーンは訊いた。

「そうだ。特異な考え方をするアーニーは、そのことが妻に致命的な侮辱を与えたと解釈した。そのことが、病気になっても自分の体のことすらかまえないほどに、妻を弱らせたのだとね。妻が死んだのはイーストマンのせいだと考えた」

「それは理不尽だわ。だからあたしは、花瓶を落として彼にもらった花をさわった時、この眼で見て、においをかぎながらも疑ったのよ」

「彼には理不尽じゃなかったのさ。彼女は死に至る病を得たせいでぐあいが悪かっただけだということを、彼はどうしても認めなかった。もちろん俺たちには、現実に彼女が彼が考えていたほどショックを受けていたかどうかはわからないままだ。しかし、彼がコンピュータを手に入れて、あれこれインターネットで見て回るようになると、彼がまず調べたのは、スチュワート・イーストマンに関するあらゆる資料だった」

「それは、あたしが考えてもみなかったことだわ」ジェーンは正直に言った。「コンピュータまで持ってるなんてとても現代的なお爺さんなんだ、くらいに思ってた」

「彼はイーストマンの特許に関する資料をたくさん見つけた。そして、イーストマンがマリーゴールドに取り組んでいることを、栽培家の日記のある記述がほのめかしていた」

「イーストマンはあたしたちに言ったわ。特許をとる予定で新しい植物を開発している人間は、信頼のおける試験者《トライアラー》以外にそのことを喋ってはいけないって」

「彼は、自分自身の有益なアドバイスに従わなかったわけだ」

「どういういきさつで、アーニーはジュリー・ジャクソンに相談するようになったの?」

「彼女が何年か前にキッチンで火事を出したことがあって、有能な消防士だった彼が翌日にまた訪ねて、火災予防の指導をしたんだ。家の中を歩きながら、どういう危険があるか教えるのさ。だから彼は彼女の仕事場が地下にあることを知った。彼女にどんな仕事をしているのか尋ね、説明を聞いた。仕事の一部は、きみが推測したように、特許を申請する予定の植物について報告書を作成することだった。イーストマン博士とも、彼が特許を申請する準備をした時に、一緒に仕事をしていた。だからアーニーは彼女に報酬を払って、自分の種を栽培してもらい、結果を比較してもらった」

「彼に有利な結果ではなかった、のよね」

「完全に。ジャクソン博士はとても詳しく違いを説明してくれたが、その大半は俺には理解できなかった。専門家ならわかるんだろう。細胞壁の構造とDNAの比較について、どうとかこうとか言ってた。アーニーがその試験をしてもらうのにはずいぶん費用がかかったはずだ。しかもその結果が示していたのは、たとえイーストマンがダーリーンの種から彼のマリーゴールドを開発したのだとしても、彼は何年もかけて最高のものを選び取り、はるかにすぐれた植物を育てたのだから、アーニーは裁判に訴えるべきではないということだ。必ず負けるからね」

「またしても、ダーリーンを侮辱したことになるわ」ジェーンは言った。

「だから、ジャクソン博士が今回の講習会で教えることを知った時、アーニー講義は本来彼女がやっていることに関連した副業にすぎないが、はこちらが彼女の本業だと思っていたから、彼女がそのことを講習会で話すのではないかと考えたんだ。彼は彼女の家を知っていた。仕事場も知っていた。事件の日の朝、アーニーは出かける彼女の姉を彼女と見間違えて、家には誰もいないと思った。ちょっとファイルを盗むだけのつもりだったと、誓って言っているが、地下の小さな浴室から出てきた彼女に、盗むところを見られてしまった。彼女を傷つけるつもりはなかったし、ファイルを持って逃げようとしただけだと、彼はこれも誓っている。だが彼女は彼を追いかけた」

「そして彼は、亡くなった妻をだましたことで、イーストマンにいっそう激しい怒りを感じるようになった。きっと彼は、自分にそんなおそろしい真似をさせたことで、イーストマンを恨んだと思うわ」ジェーンは推測した。

「ほとんどそのままのことを、彼は取調室で言ってたよ。彼は消防士時代に大変な怪我を負った人を眼にしていて、その人たちが回復したのも知っていたから、ジャクソン博士がイーストマンに自分のことを喋るのではないかと怖れた。だから、イーストマンを殺さなくてはならなかったんだ」

「彼はどうやってイーストマンを家の外へおびき出したのかしら？」

「暗闇の中で裏庭をうろついて、イーストマンが葉巻を喫《す》いに外へ出てくるのを待ってたんだ。前にもイーストマンが家の前でそうするのを、彼は見たことがあったようだ。だから、とにかく待っていれば、あとはイーストマンに追いついて、コンポストの層の作り方について質問すればいい。そして、策略は成功した。イーストマンは大きな男だが、力は強くなかった。アーニーは厳しい仕事をして人生を送ってきたし、退職してからも、体力を保つために一日おきにスポーツジムに通ってた。イーストマンをやっつけるのは、たやすいことだったはずだ」

「すごく悲しくなる。あのかわいそうな老人が裁判にかけられるなんて、考えるのも耐えられない」

メルはジェーンの手を取り、しばらく黙っていた。「彼は出廷する必要はないよ。一時間前に脳卒中の発作を起こして、病院に運ばれる途中で死んだんだ」

ジェーンは衝撃を受けた。「あたしのせいだ」

「いや、そうじゃない。イーストマンの服とコンポスト容器の材質である粗木とに付着していた繊維が、彼のシカゴ郊外にある家の洋服箪笥由来のものでも、北部の家由来のものでもないことを警察は確認した。家政婦の息子の所持品のものでもなかった。それらの繊維は特殊なものだから、容疑者の範囲を狭めれば、すぐに誰のものか簡単に確認できた。遅かれ早かれ、彼は捕まっただろう」

「今回は、穿鑿《せんさく》したことを後悔してるの。講習会なんかに登録しなきゃよかった。自分に関係ないことなんか、いつまでもぐずぐずと考えなきゃよかった」

「殺人事件は解決されるべきものだよ、ジェイニー。その情報がどういう形で出てこようとも。被害者の遺族や友人は、なぜそんなことが起こったかを知る必要があるんだ。そんなことで彼らの愛した人が戻ってくるわけじゃない。だが、彼らの心をなだめる役には立つ。それから、アーニーの犯罪の原因になったこの世でただ一人の人物は、アーニー本人だ」

「あたしの気持ちを楽にしようとして、言ってくれてるのね」

「いや、違うよ。これも俺の職務のうちなんだ。きみがどう思っているかはわかるが、とにかく自分を責めるのは間違ってる。アーニーはとても深く妻を想っていたが、その想いを邪悪な行動に向けた。それは完全に彼自身の責任だ」

また日曜日。午後に、ケイティは例のケーキを作った。マイクは五時頃に、全身汗と土埃にまみれて帰ってきた。「今日は残業で大量の牛糞肥料を運び回ったんだ。この間の晩に、俺、キプシーとブラックフォレスト・ケーキを食べてみた。うまかったけど、ケイティが作ったのほどは良くなかったな。たぶん今夜はずっと家にいるよ」

「キプシーとデートはしないの?」ジェーンの声には希望がこもっていた。

マイクがにやりと笑った。「ママには関係ないこと、だよね。でも、しないよ」

「仲違いしたの?」

「そもそも仲違いするほどの仲じゃないよ。何日か夜にデートするっていうのは彼女の考えで、彼女がこうなるって言った通りにうまくいったよ。夕食の前に、シャワーを浴びなきゃ」

ジェーンはマイクを追って階段を上がった。「説明しなさい!」と要求する。

マイクはジェーンに笑ってみせ、階段の一番上に腰をおろした。「あのさ、キプシーにはこういう持論があったんだ。彼女の好きなタイプの男は——つまり反抗的なやつらだけど——彼女が俺みたいに退屈そうで身だしなみのいい真面目な男とデートしてるのを見ると、どうしても理解できなくて、彼女を自分たちの仲間として迎え入れたくなるんだって」

「まあ、それで?」ジェーンは言った。この話は、どういうオチがつくんだろ?

「それでさ、チアリーダー・タイプの女の子は、俺みたいな男が異様な感じの女の子といるのを見ると、その子から俺を助けたいと思うってわけ。キプシーがそう言ってたんだ。だから、何日か続けて夜にデートしてみた。両方のタイプがいるような場所でね。そしたら大成功さ。俺はとびきりきれいなブロンドの子に救い出されて、キプシーは彼女のタイプのバイク乗りに出会ったってわけ」

ジェーンはまじまじと息子を見た。「こんな人を食った話、初めて聞いたわ。自分を恥ずかしいと思わないの？」

「ちっとも。うまくいったから。明日、そのブロンドの子とデートするんだ。名前はサンドラ。ママも好きになるよ。ブロンドは彼女の生まれつきの色だし、他も全部生まれつきのままなんだ。そのうえやさしいし、面白い。俺、牛糞肥料の臭いがする、シャワー浴びなきゃ」

「まあ、嬉しいのかな。キプシーがいずれ嫁候補になるかもしれないっていう危険が去ったんだから」

マイクは牛の臭いを周りに漂わせて立ち上がり、ジェーンの頭を撫でた。「心配しすぎだよ、ママ。その松葉杖にはさわっちゃだめ、俺が危険ゾーンの外に出るまではさ」

訳者あとがき

これで十二作目と相成りました、主婦探偵ジェーン・ジェフリイ・シリーズの最新刊『枯れ騒ぎ』をお届けします。

今回は、ジェーンの電話中に大きな花のアレンジメントが届いたことがきっかけで、お馴染みの二人が事件に巻き込まれることになります。花を預かったお隣のシェリイは、誰がどういうわけで贈ってきたのか知りたくてやきもきするのですが、どうもタイミングが合わず、なかなかジェーンに会えません。やっと会えたと思ったら、なんのことはない、花は近所に住んでいる別の女性宛だと判明します。でもって偶然にもその女性は、ジェーンとシェリイが受講する予定になっている植物学の講習会の講師でした。二人で、直接その講師のもとへ花を届けに行ってみると、家の前に警察車両がとまっていて、立入禁止のテープが張られています。なんと講師は何者かに襲われて、大怪我を負っていたのでした。しかも二人は、現場に駆けつけていたジェーンの恋人で刑事のメルにしっかり見つかります。ぼけっと見物に来たのだろうとメルに誤解され、かっとなったジェーンは、引き返そうとした拍子に足を骨折してしまいます。

ああ、ほんとに踏んだり蹴ったり。
松葉杖のお世話になることになったジェーンは、それでもシェリイに助けてもらいながら講習会に通うことにするのですが、ピンチヒッターを務める講師もほかの受講者も、強烈な個性の持ち主揃いで、何か起こりそうな雰囲気満点です。すると、期待どおりにというのもなんですが、また事件が起こります。

事件の謎解きはもちろん気になります。それに加えて今回は、ガーデニングに役立つ（とジェーンたちが考えていた）植物学の講習会が主要な舞台となっていますので、ジェーンたちと一緒に学ぶつもりで、こちらも楽しんでいただけると思います。訳者は、講習会の一環として、講師と受講者たちがお互いの庭を見学に行くくだりをとても興味深く読みました。このお庭訪問は受講者の提案によるもので、講師もほかの受講者も賛成してあっさり実現したのが、おおらかですてきでした。ほとんど庭作りをしていないジェーンとシェリイが、この見学会をどうやって乗り切るかは、お楽しみに。

本作では、ピンクのマリーゴールドが植物特許の申請中であることになっています。現実には、この色のマリーゴールドはまだ存在していないはずです。それで思い出したのですが、何年か前に、サントリー社がどこかの国のバイオ技術企業との共同研究によって、世界ではじめて青いバラの開発に成功したというニュースが、大々的に報道されたことがありました。それまで青いバラを作り出すことは不可能だと聞いていたので、とても驚いたものです。このバラの花言葉は「夢かなう」だそうです。

ジル・チャーチル著作リスト

《主婦探偵ジェーン・シリーズ》

1 Grime and Punishment 1989『ゴミと罰』創元推理文庫
2 A Farewell to Yarns 1991『毛糸よさらば』創元推理文庫
3 A Quiche before Dying 1993『死の拙文《せつぶん》』創元推理文庫
4 The Class Menagerie 1994『クラスの動物園』創元推理文庫
5 A Knife to Remember 1994『忘れじの包丁』創元推理文庫
6 From Here to Paternity 1995『地上《ここ》より賭場《とば》に』創元推理文庫
7 Silence of the Hams 1996『豚たちの沈黙』創元推理文庫
8 War and Peas 1996『エンドウと平和』創元推理文庫
9 Fear of Frying 1997『飛ぶのがフライ』創元推理文庫
10 The Merchant of Menace 1998『カオスの商人』創元推理文庫

11 A Groom with a View 1999 『眺めのいいヘマ』創元推理文庫
12 Mulch Ado about Nothing 2000 本書
13 The House of Seven Mabels 2002
14 Bell, Book, and Scandal 2003
15 A Midsummer Night's Scream 2004
16 Accidental Florist 2007

《グレイス&フェイヴァー・シリーズ》
1 Anything Goes 1999 『風の向くまま』創元推理文庫
2 In the Still of the Night 2000 『夜の静寂《しじま》に』創元推理文庫
3 Someone to Watch over Me 2001 『闇を見つめて』創元推理文庫
4 Love for Sale 2003 『愛は売るもの』創元推理文庫
5 It Had to Be You 2004 『君を想いて』創元推理文庫
6 Who's Sorry Now? 2005 『今をたよりに』創元推理文庫

検　印
廃　止

訳者紹介　同志社女子大学英文学科卒，英米文学翻訳家。主な訳書，チャーチル「カオスの商人」「眺めのいいヘマ」，ベン・サピア「キリストの遺骸」，カーライル「黒髪のセイレーン」など。

枯れ騒ぎ

2012年7月27日　初版

著　者　ジル・チャーチル

訳　者　新《あら》谷《たに》寿《す》美《み》香《か》

発行所　（株）東京創元社
代表者　長谷川晋一

162-0814/東京都新宿区新小川町1-5
電　話　03・3268・8231-営業部
03・3268・8204-編集部
U R L　http://www.tsogen.co.jp
振　替　00160—9—1565
フォレスト・本間製本

ISBN978-4-488-27518-1　C0197